ことば、ことば、ことば

久保田 淳

翰林書房

Pol. ......What do you read, my lord ?

Ham. Words, words, words.

Pol. What is the matter, my lord ?

Ham. Between who ?

Pol. I mean, the matter that you read, my lord.

Ham. Slanders, sir ; for the satirical rogue says here that old men have grey beards ;

(Hamlet Act 2, Scene 2)

ことば、ことば、ことば◎目次

I

I

芳賀矢一編の文章読本について

中高校生の頃、時折いい加減に開いては見ていたものに、『作文講話及文範』という本がある。内題に「芳賀矢一　杉谷代水合編」とある。ところが、手許にある本では出版社や刊行年はわからない。それは表紙が取れ、目次はちぎれ、奥付も失われてしまっているという惨憺たる状態にあるからである。と言っても、これは必ずしも韋編三絶というよりは、あるいは家の者が古本屋あたりで求めた時、既にそれに近い有様であったのかもしれない。国会図書館あたりで調べればすぐわかるのであろうが、怠っている（『国語と国文学』昭和十二年四月号「芳賀博士著書並論文目録」によれば、明治四十五年三月冨山房刊の由である）。杉谷代水という人についてもよくは知らない。

前篇が作文講話で、中篇は作文便覧（仮名遣い・文法・用字などを表示する）、後篇が文範となっている。作文講話は「第一講　作文自習の必要」から「第十四講　国文の沿革」まで、十四章を設けている。「第五講　文章の落第、及第、優等」では、「世には意味の解《わか》らぬ文章を書く人がある。（中略）自分の思想を間違なく人に伝へることが出来なくては文章の用をなさぬ。斯《かう》いふのを落第の文章といふ」「正、明、純、穏、の四つは文章の四大要件であって、（中略）由てこの四つを文章の試験課目として及第したのを、調つた文章、瑕の無い文章、一人前の文章といふ」「単に意味が通ずるばかりでなく読者を感動させるやうな文章を優等の文章とする。優等の文章を書くことが即ち作文の理想である」などと講じている。「第八講　詞姿」「第九講　文の結構」は、修辞法についての章。「第十講　文体」では、「かし雪隠」の落語を綴った「落語選」というものからの文章を簡約体の名文、同じ話柄を種とした『鳩翁道話』の一節を巧みな蔓衍体として示し、『徒然草』の第一三七段（花はさかりに…）前半を華麗体、同じく第一六三段（太衝の太の字…）を乾燥体の見本、『宇治拾遺物語』の「鬼に瘤とらる、事」を素朴体、『本朝二十不孝』巻一の第二「大節季にない袖の雨」の書出し、清水浜臣『泊々舎集』の「砧をきく」などを巧緻体の見本として掲げている。「第十三講　文品」では、文品の高下、創意と模倣を説き、「私淑するなら造化に私淑せよ。模倣するなら造化を模倣せよ。これならば一代を模倣に費しても惜しくはない」と結ぶ。「第十四講　国文の沿革」は文例を豊富に引いた、いわば日本文章史ともいうべきもの。

後篇の文範は、記事文以下十四項に分けて、各種の文例を集めたものである。ほとんどが鷗外・紅葉・一葉・漱石・荷風・蘆花・藤村・独歩など明治文学作品から取られているが、ところどころに、「参考」として古典の文例も掲げられている。例えば、叙事文の項では、「花山院の脱屣」（大鏡）、「新院御所軍評定の事」（保元物語）など、十二例が収められており、『保元物語』での為朝の風貌描写の部分には、「往年美術院の全盛の時小堀鞆音の画いた『武士』はこの文に拠つたのだといふ　編者はこの絵の写真を今も離さないでゐる」という頭書のコメントがついている。

少年期この本を見るともなしに見ながら育ったことが、プラスになっているのかマイナスになっているのか、全く以てわからない。当時は周囲に何人かの文学少年がいて、アンドレ・ジイドやロマン・

ロランを読むことがはやっていた。『チボー家の人々』が瀟洒なフランス装で白水社から出版されたのもその頃であった。それら西欧文学に親しんでいた当時の仲間の一人は詩人・フランス文学者となっている。そういう雰囲気の中で、芳賀矢一の『作文講話及文範』はいかにも古色蒼然としていた。ただ、明治文学は、改造社の『現代日本文学全集』や春陽堂の『明治大正文学全集』で、いわば丸ごと読む以前に、私自身にとっては、この本での「文範」が窓口の役目を果してくれたように思う。そしてまた、「虎の怒り毛怒り声、山も崩る、ごとくなり」といった近松の文章の勢や三馬の文体の軽妙さなど、近世文学のおもしろさを教わったのも、この「作文講話」を通じてであった。

今度、「名文名場面一〇〇選」の企画で、サンプルを一つ書くように言われて、とっさに作品としては好きな方に属する『平治物語』で書こうと思ったのだが、さてどの場面を選ぶかという段で、少し迷った。常葉御前が三児を抱えて雪の伏見をさ迷う場面も、九条家本では常葉の心理が書き込まれており、景情一致していて、素朴だけれども優れていると思うのだが、これについては以前書いたことがある（古典歳時記17「伏見の雪」、小学館『本の窓』昭和61年2月。のち、『古典歳時記　柳は緑花は紅』―昭和63年10月刊、小学館―所収）。そこで、畳みかけるような対話がみごとな、光頼が惟方を叱る場面を選んで書いてみたのだが、そのあとで久しぶりにこの『作文講話及文範』を引張り出してみたら、その第十四講にちゃんとこの箇所が掲げられており（ただし、もとよりその本文は旧流布本たる古活字本である）、「蜀山人は此の文を天下一品と賛嘆したとやら。和漢文素の調和が最もよく取れ、文勢勁くして而も委曲、この辺の叙事文になると『史記』『漢書』と並べても径庭はない」と絶賛されている。自身すっかり忘れていたのだが、そもそも『平治物語』が好きになったのも、この本のせいかもしれないのである。

このようなわけで、私はどうやら明治末年の所産らしい、この文章読本の呪縛から未だに解き放たれていない。

［追記］

その後、杉谷代水についてわかったことを追補しておく。明治七年（一八七四）八月二十一日生、大正四年（一九一五）没。四十二歳。本名は虎蔵。島根県出身。詩人・劇作家。明治三十一年冨山房に入り、坪内逍遙編の尋常小学校、高等小学校の「国語読本」の編集にあたった。新体詩・歌劇・狂言を書き、「星の界《よ》」など歌六十編を作詞した（『講談社日本人名辞典』一〇〇三ページ）。

こういう経歴とこの本の出版元が冨山房であることを思うと、この本のかなりの部分は杉谷代水の執筆になるものと見てよいのかもしれない。

賢臣の兄、逆臣に語らわれた弟を教え諭す――平治物語

光頼《みつより》卿、「こはいかに、天気なればとて、存ずる旨はいかでか一儀申さざるべき。我等が曩祖《なうそ》勧修寺《かんじゆじ》内大臣、三条右大臣、延喜《えんぎ》の聖儀〔に〕仕へてよりこの方、君既に十九代、臣又十一代、承り行ふ事は皆徳政なり。一度も悪事に交はらず。当家はさせる英雄にはあらねども、偏《ひと》へに有道《いうだう》の臣《しん》に伴ひて、讒佞《ざんねい》の輩《ともがら》に与《くみ》せざりし故に、昔より今に至るまで、人に指をさゝるゝほどの事はなし。御辺《ごへん》初めて暴逆の臣に語らはれて、累家《るいけ》の佳名を失はん事口惜《くちを》しかるべし。…（中略）…平家の大勢押し寄せて攻めんに、時刻をや廻《めぐら》すべき。もし又火などをも懸けなば、君もいかでか安穏にわたらせ給ふべき。大《おほ》内《うち》灰燼の地にならんだにも、朝家《てうけ》の御歎きなるべし。如何《いかに》いはんや、君臣共自然の事もあらば、王道の滅亡、この時にあるべし。右衛門督《ゑもんのかみ》〔は御辺〕に大小事を申し合すとこそ聞け。相構ひて相構ひて隙を窺ひて謀《はかりごと》を廻して、玉体につゝがましまさぬやうに思案せらるべきなり。主上はいづくにましますぞ」「黒戸の御所に」「上皇は」「一品御書所《いつぽんごしよどころ》に」「内侍所《ないしどころ》は」「温明殿《うんめいでん》」「剣璽《けんじ》は」「夜の御殿《おとど》に」と、別当かくぞ答へられける。「朝餉《あさがれひ》の方に人音のして、櫛形の窓に人影のしつる、何者ぞ」と問ひ給へば、別当、「それは右衛門督の住み候へば、その方ざまの女房などぞかげろひ候ひつらん」と申されければ、光頼卿聞きもあへず、「世の中今はかうごさんなれ。主上のわたらせ給ふべき朝餉には右衛門督住みて、

君をば黒戸の御所に移しまゐらせたんなる。末代なれども日月は未だ地に堕ち給はず。如何なる前世の宿業《しゆくごふ》にてかゝる世に生を享《う》けて、憂き事のみ見聞くらん。人臣の王位を奪ふ事、漢朝にはその例有りといへども、本朝には未だ如レ此《きの》の先規を聞かず。天照太神《てんせうだいじん》、正《しやう》八幡宮は王法をば何と守《まほ》らせ給ふぞや」と、憚《はばか》る所もなくうちくどき給へば、別当は人もや聞くらんと、世にすさまじげにてぞ立たれける。（巻上）

＊

［現代語訳］ 光頼卿は、「これはまあ、主上の御意向であるからといって、考えている趣旨はどうして一通り申しあげないということがあろうか。我々の祖先勧修寺内大臣高藤公、三条右大臣定方公が、醍醐聖帝にお仕え申して以来、御門は既に十九代、臣下はまた十一代になるが、勅命を承って行ってきたことは皆恩徳ある政治であり、一度も悪事に関与したことはない。当家はとくに英雄家ではないけれども、専ら道を守る臣下と行動を共にして、讒言をこととする佞人ばらには与しなかったがために、昔から今日に至るまで、他人に後指をさされるようなことはなかった。そなたが初めて暴逆の臣の仲間に加わって、重代の家の芳しい名を失うとしたならば残念であろう。……（中略）……

平家の大勢が押し寄せて攻めるのは、時間の問題であろう。もしもまた火などを放ったならば、我が君もどうして御無事におわしますことがあろうか。大内裏が灰燼の地となるだけでも、国家の痛恨事であろう。ましてや、君臣ともにもしものことでもあったならば、王道の滅亡はこの時であろう。右衛門督はそなたに何事も相談しているという話だ。くれぐれも心を砕いて、隙を窺い謀りごとを廻らし、玉体の安穏であられるよう、お考えになるべきなのだ。

さて、主上はどこにいらせられるぞ」「黒戸の御所に」「上皇は？」「一品（本）御書所に」「内侍所は？」「温明殿に」「剣璽は？」「夜の御殿に」と、別当惟方はこのようにお答えになった。「朝餉の間《ま》の方に人の声がして、櫛形の窓に人影が見えるが、あれは何者だ」とお問いになると、別当は「それは右衛門督が住んでおりますので、そちらに奉仕する女房などがちらちらしておりましたのでしょう」と申された。

すると光頼卿はすっかり聞き終わりもせず、「この世の中ももはやおしまいだな。主上がいらせられるはずの朝餉には右衛門督が住んでいて、君を黒戸の御所にお移し申しあげたのだな。末代ではあるが日月は未だ地に堕ちておられない。それなのに、一体わたしはどのような前世の報いでこのような悪い世に生まれ合せて、いやなことばかりを見聞きするのだろうか。人臣が王位を簒奪することは、唐土ではその例があるけれども、我が国ではまだこのような先例を聞かない。宗廟の神天照大神や正八幡宮は王法をどのようにお守りなさっていらっしゃるのであろうか」と、憚る所もなくかきくどかれたので、別当は、他人が聞きはしないかと、ひどく興ざめした様子で立っておられた。

＊

『平治物語』三巻は、平治元年（一一五九）十二月に起こった平治の乱を中心に、その原因から結末まで、伝本によっては遥か後年の源氏再興までを語った軍記物語である。作者・成立年とも未詳だが、信西（藤原通憲）とその子息達が好意的に描かれていることなどから、あるいは信西の子孫が関与しているかと想像され、また、『保元物語』『平家物語』などとの関連から、源氏将軍時代から承久の乱前後あたりには原『平治物語』は成立していたかという見方もある。伝本はおよそ十一類に分けられ、それぞれ記事の内容や叙述に相当の差異がある。ここに掲げた部分は、第一類本に属する陽明文庫本上巻の、古活字本で「光頼卿参内の事」と呼んでいる章段の一節である。

平清盛が一門を引き連れて熊野詣でに出発した留守を見すまして、源義朝とともに後白河院の御所三条殿を焼き討ちし、院を内裏の一本御書所に幽閉し、宇治の田原の奥に自ら穴を掘って潜んでいた信西を殺した右衛門督藤原信頼は、内裏に住み付いて、公卿僉議を行うと称して、諸卿を召集する。自分達に加担するかどうか、いわば諸卿に踏み絵を迫るのである。

信頼の母方の伯父、左衛門督葉室光頼は、侍に雑色の装束をさせ、細太刀を懐にささせ、「もしの事あらば、我をば汝が手に掛けよ」と言い含めて参内し、信頼の「座上にむずといかかり給へば、信頼も色もなくうつぶしにぞなりにける」。そしておもむろに人々の発言を求めるが、一同寂として、言葉もない。

ややあって静かにその座を立った光頼は、かねて信頼に語らわれている弟の検非違使別当惟方を殿上の小蔀の前に招いて、信頼に加担した振舞いを、厳しく叱責する。その際の兄弟の問答の一節である。

この部分、陽明本と金刀比羅本系とは、大きな違いはないが、光頼の言説が極めて論理的かつ説得的に述べられているのは、陽明本の方であると見る。古活字本はここでは陽明本に近い。諄々と諭す調子の光頼の意見は、単に家名を惜しむといった貴族の誇りにのみ裏付けられているのではない。（この部分は字数の関係で中略せざるをえなかったが）信頼の暴挙が清盛の兵力の前には所詮蟷螂の斧に等しいことをも見通しているのである。そして、主上・上皇の安否を確かめる件りに至って、問答は短く、気息も急に、畳み込まれてゆく。

『平治物語』は確かに「武者ノ世」に対処するにふさわしい毅然たる一貴族を創出しえているのである。

我が子を殺して後を追う父——承久記

両方ニ死者多、御方三十五騎、判官モ痛手負、今ハ限ト思テ、出居ノ内ヘゾ入ニケル。政所ノ太郎ヲ召寄テ、「敵ニ火カケサスナ。此方ヨリ火カケヨ」ト下知セラレケリ。寝殿ノ間ニ火懸タリケレバ、上天ノ雲トゾ焼上ル。判官ハ、寿王喚ヨセ云ハレケルハ、「光季今ハ限ト思フ也。自害セヨ」ト有ケレバ、火中へ飛入、三度マデコソ立帰レ。判官是ヲ見玉ヒ、「寿王ヨ、自害エセズハ是へ立ヨレ。遺言セン」ト宣玉ヒケレバ、寿王冠者立寄ケリ。判官膝ニ引懸云ハレケルハ、「去年霜月ニ、新院八幡御幸成シ時、大渡ノ橋爪固メテ、御所ノ見参ニ入、カシコキ冠者ノ眼《マナ》ザシ哉ト、叡感ヲ蒙ブリタリシカバ、光季モ嬉シク覚テ、来ンズル秋、除目ニハ官所望セント思ヒツルニ、今ハ限ノ命コソ心細ケレ」。寿王冠者申ケルハ、「自害ヲヱ仕候ハヌニ、父ノ御手ニカケサセ玉へ」ト申ケレバ、判官宣玉ヒケルハ、「命ヲ惜ミ、鎌倉へ落行ントゾ云ハント思ツルニ」トテ、横ザマニ懐キ、刀ヲ抜出シ、既ニサ、ントシケルガ、流ル、涙ニ目クレ、刀ノ立所更ニ見へザリケリ。乍レ去三刀指テ、燃ル炎ノ中ニ投入テ、念仏ヲ申、「南無帰命頂礼八幡大菩薩、賀茂、春日、哀ミ納受ヲ垂給へ。光季都ニ留テ、十善ノ君ノ御為ニスゴセル罪モナキ者ヲ、宣旨ヲ蒙テ命ハ君ニ召レヌ。名ヲバ後代ニ留置ン」ト宣玉ヒテ、又鎌倉ノ方ヲ三度伏拝ミ、「無ラン後ノ敵打玉へ、大夫殿」トテ、政所ノ太郎手ヲ取チガヘテ、寿王ノ上ニマロビ懸リ、炎ノ底ニ入ニケリ。

（慈光寺本　上）

＊

〔現代語訳〕 敵味方の双方に死者が多く、味方の三十五騎や、判官伊賀光季も重傷を負い、光季はもはやこれまでと思って、客間の内へ入ったのであった。政所太郎を召し寄せて、「敵に火を付けさせるな。こっちから火を放て」と命令された。寝殿の間に火を放ったので、煙は空高く雲となって炎上する。判官が子息寿王を呼び寄せて言われるには、「自分はもう最期だと思う。お前も自害せよ」とのことであったので、寿王は火中へ飛び込むこと三度に及んだが、飛び込めずに立帰った。判官はこれを御覧になって、「寿王よ、自害できぬならば、こっちへ来い。言い遺すことがある」と言われたので、寿王冠者は近寄った。

判官はわが子を膝に引寄せて言われるには、「去年十一月に、新院（順徳院）が石清水八幡への御幸をあそばされた時、大渡の橋詰を守護して、お前が御所（後鳥羽院）のお目にとまり、『利発そうな冠者の目差しよな』とお誉めにあずかったので、この父も嬉しく思って、来年の秋の除目にはお前の任官の希望を出そうと思っていたのに、今となっては最期の命とは心細い」

寿王冠者が申すことには、「みごと自害することが出来ませんので、父君のお手にかけてくださいませ」と申したので、判官は「命を惜しんで、〝鎌倉へ落ちて行こう〟と言うかと思っていたのに」と言われて、寿王を横抱きにし、刀を抜き出し、早くも刺そうとしたが、流れる涙に目も昏れて、どこに刀を突立ててよいか一向に見えなかった。

しかしながら、三刀刺して、燃える炎の中に我が子のなきがらを投げ入れて念仏を申し、「南無帰命八幡大菩薩、賀茂、春日、わが願い事を憐れみ納受ましませ。わたくしは都に止まって、十善の君のために犯した罪科もない者なのに、宣旨をこうむって、命は君に召されました。せめて名をば後代に留め置こうと思います」と言われて、また鎌倉の方角を三度伏し拝み、「わたしの死後敵を討ってください、右京権大夫義時殿」と言って、政所太郎と手を取り交して、寿王の上にころげかかり、炎の底に飛び込んだのであった。

＊

『承久記』二巻は、承久三年（一二二一）五月、後鳥羽院が鎌倉幕府の京都守護伊賀光季を血祭にあげ、執権右京権大夫北条義時追討の宣旨を諸国に下すことによって勃発し、一箇月後には京方のあえない敗北に終った、承久の乱の顛末を叙した軍記物語である。通常その本文は、慈光寺本・前田家本・流布本・承久軍物語の四類に分類されている。これらのうち、最も古本と考えられるのは慈光寺本で、おそらく乱後さほど経過しないうちに成立したかと想像されるが、その作者は明らかではない。

後鳥羽院側に対して批判的な筆致が随所に認められるが、さりとて義時を積極的に正当化しているとも思われない。合戦の叙述も具体的であるが、流布本と異なり、宇治川での戦いの描写を欠き、東山道での戦いが詳しく語られる。乱後、順徳院と九条道家の間に交された長歌や、持明院宮（後高倉院）の繁栄、西園寺公経の任内大臣大饗の記述など、流布本に見出されない記事も少なくない。そして、それらは作者の素顔をいよいよ不透明なものにしている。鎌倉と後鳥羽院周辺の、双方の事情や情報に精通し、後鳥羽院政下では恵まれなかった、特に文筆を業としているのではない中流以下の貴族といったところに、作者を求めることができるであろうか。

　掲出した本文は、その慈光寺本『承久記』で、承久三年五月十五日、伊賀判官光季が後鳥羽院の院宣を蒙った討手、三浦判官胤義、能登守藤原秀康らに攻められて、十四歳になる子息の寿王（判官次郎光綱）を殺して、自害する場面である。これ以前には、攻撃を察知した光季が、家に集めて宴遊していた白拍子達に盃をさし、引出物を与えて帰してのち、討手を引受けて果敢に戦う決意を家来達に語り、卑怯未練な者達が落ちて行くのに任せ、戦闘準備に入ること、いよいよ合戦が始まり、寿王が寄手の大将の一人、烏帽子親の山城守佐々木広綱に立ち向かって矢を射かけることなどが語られる。軍のむごたらしさを物語る掲出部分でも、流布本との違いは少なくない。

　流布本では、寿王は父の勧めでまず腹を切ろうとするが切れないので、父は、「如何ニ寿王、火社《こそ》ヨケレ。火へ入カシ」と教える。それも果せぬので、述懐の末光季は我が子を手にかけるのである。しかし、単純な慈光寺本の方が現実感があり、述懐の内容も素朴な語り口の慈光寺本の方が具体性に富み、後鳥羽院にも目をかけられていたこの父子の運命の急転をよく物語っている。

日本文学の中の手紙

「文は人なり」という。これはすべての文章を通じて言えることであろうが、ことに手紙の文章の場合、真理というにふさわしい。

思いやりのある人、思いあがった人、ぶっきらぼうのようで真情溢れる人、慇懃無礼な人……、すべて消息文の行間には、その人柄がおのずと滲み出てしまう。

文ことばなめき人こそいとにくけれ。世をなのめに書き流したることばのにくきこそ。さるまじき人のもとに、あまりかしこまりたるも、げにわろきことなり。されど、わが得たらんはことわり、人のもとなるさへにくくこそあれ。（枕草子、日本古典文学大系二六二段）

そう思うと、手紙を一本、葉書を一枚書くのも、容易なことではない。特にむずかしいのはお礼の手紙や、何かを断る手紙であろう。人から著作物などを贈られた場合のお礼の手紙は、なかでも大変である。「いずれゆっくり拝読します。とりあえずお礼申しあげます」という、領収証スタイルのもあるが、これは趣味ではない。といって、すっかり読みおえてから感想をいうことになると、おそらく来る日も来る日もその類の本読みに追われて、仕事は全くお手上げであろう。それやこれやでぐずぐずしているうちに、会などで贈り主に逢ってしまうというばつの悪い経験を持っている人も、少なくないであろう。しかしながら、自分が贈る立場になると、途端に、あの人は何と言ってくるだろうかと、返事が心待ちされ、梨のつぶてだと次第に腹ふくるる思いになるのも事実である。本当に人間は勝手なものだと思う。

だから著書は手渡しするに限る。それならば、贈った側もいらいらすることを免れる。

電話でお礼を言うという手もある。電話の普及は筆無精を助長し、確実に手紙文化を衰退させた。「文の日」などという日を設けても、郵便局離れに歯止めがきくとは思われない。

けれども、電話の声はあとには残らない。手紙は残る。古人が手紙を礼讃した理由もそこにある。

すぎにしかた恋しきもの　……をりからあはれなりし人の文、雨などふりつれづれなる日、さがし出でたる。

（枕草子、三〇段）

また、此世にいかでかゝることありけむと、めでたく覚ゆることは、文《ふみ》にこそはべるなれ。枕草子に返すぐ申し侍るめれば、事あたらしく申すに及ばねど、なほいとめでたきものなり。遥かなる世界にかきはなれて、いくとせ逢ひ見ぬ人なれど、文といふものだに見つれば、たゞ今さし向ひたる心ちして、なかくうちむかひては思ふ程もつゞけやらぬ心の色もあらはし、言はまほしきことをもこまぐと書きつくしたるを見る心は、めづらしく嬉しく、あひ向ひたるに劣りてやはある。つれぐなる折り、昔の人の文《ふみ》見いでたるは、たゞその折りの心地していみじくうれしくこそ覚ゆれ。まして亡き人などの書きたる物など見るは、いみじく哀れに、年月のおほくつもりたるも、只今筆うちぬらして書きたるやうなるこそ、返すぐめでたけれ。たゞ差しむかひたる程の情《なさけ》ばかりにてこそはべれ、これはむかしながら露かはることなきも、めでたきことなり。
（無名草子）

そしてまた、

人しづまりて後、ながき夜のすさみに、なにとなき具足《ぐそく》取りしたゝめ、残しおかじと思ふ反故《ほうご》など破《や》りすつる中に、なき人のてならひ、ゑかきすさみたる、見いでたるこそ、たゞその折りの心ちすれ。このごろある人の文だに、久しくなりて、いかなる折り、いつの年なりけむと思ふは、あはれなるぞかし。
（徒然草、二九段）

まことに、「只今筆うちぬらして書きたるやうなるこそ、返すぐ〵めでたけれ」——、機械器具音痴の不器用者は叫びたくなる、「近頃はやりのワープロ、パソコン、犬に喰われてしまえ」。

しかしながら、肉筆書簡がこれまた書き手の人となりを実に雄弁に物語るがゆえに、文人墨客の尺《せき》牘《とく》は、骨董視されて、古人の私信は永く後代の衆目に曝されることにもなる。手紙は怖ろしい。本や物を貰ったお礼ぐらいならまだいい。借金の申し込み、絶交状、恋文などは、よほど心してしたたむべきであろう。

さればこそ、用心深い王朝女房は心情を吐露することを努めて避けたのではないか。

而ル間、其ノ時ニ本院ノ大臣《オトド》ト申ス人御《オハシ》ケリ。其ノ家ニ侍従ノ君ト云《イフ》若キ女房有《アリ》ケリ。形《カタ》チ、有様微妙《メデタ》クテ、心バヘ可咲《ヲカシ》キ宮仕ヘ人ニテナム有ケル。平中《ヘイヂウ》、彼《カ》ノ本院ノ大臣ノ御許《モト》ニ常ニ行通《ユキカヨヒ》ケレバ、此侍従ガ微妙《メデタ》キ有様ヲ聞《キキ》テ、年来《トシゴロ》艶《エモイハ》ズ身ニ替《カヘ》テ仮借《ケサウ》シケルヲ、侍従消息《セイソク》ノ返事《カヘリゴト》ヲダニ不為《セザリ》ケレバ、平中歎キ侘《ワビ》テ、消息ヲ書《カキ》テ遣《ヤリ》タリケルニ、「只、『見ツ』ト許《バカリ》ノ二文字ヲダニ見セ給へ」ト、絡《クリ》返シ泣々《ナクナ》クト云フ許《バカリ》ニ書テ遣タリケル。使ノ、返事ヲ持《モチ》テ返来《カヘリキタリ》タリケレバ、平中物ニ当《アタリ》テ出会《イデアヒ》テ、其ノ返事ヲ急ギ取《トリ》テ見ケレバ、我ガ消息ニ、「『見ツ』ト云フ二文字ヲダニ見セ給へ」ト書テ遣タリツル、其ノ「見ツ」ト云フ二文字ヲ破《ヤブリ》テ、薄様ニ押付《オシツケ》テ遣《オコセ》タル也ケリ。

（今昔物語集巻第三十、平定文、仮《ケサウ》二借《セル》本院侍従一《ニ》語《コト》第一）

平中にとってはまことに気の毒な話であるが、薄暗い脂燭のもとで、本院侍従が平中の手紙の「見つ」という箇所を破り取って薄様《うすよう》に押しつけている姿などを想像すると、おかしくもあり、美女というのは虫も殺さぬような顔をしていて男よりも残酷なことを平気でやりかねないのだなあと、恐ろしくもなる。平中と本院侍従の話は『宇治拾遺物語』でも語られているが、そこでは「文やるに、にくからず返事はしながら、あふ事はなかりけり」としており、この残酷で茶目気のある挿話はない。

最も短い手紙の話もある。

女うちなみだぐみて、御文をひろげて見るに、「このくれにかならず」とある文字のしたに、「を」といふもじをたゞひとつ、すみぐろに書きて、もとのやうにして、御使にまゐらせけり。

（なよ竹物語絵詞）

後嵯峨天皇に懸想された少将なにがしの妻が夫に説得された末に奉った返書である。天皇はもとより、誰も何のことやらわからない。その心は、藤原家隆の女承明門院小宰相という古女房によって説き明かされる。

むかし、大二条殿《のりみち》、小式部の侍従がもとへ、「月」といふもじを書きてつかはしたりければ、さるすき物、和泉式部がむすめなりければ、母にや申し合はせたりけむ、やすく心えて、「月」のしたに「を」といふ文字ばかりを書きてまゐらせたりける、其心なるべし。「月」といふ文字は、「よさりも待ち侍るべし。いで給へ」と心えけり。又、人の召し侍る御いらへに、男は「よ」と申し、女は「を」と申すなり。されば、小式部内侍も上東門院に侍りけるがまかりいで、まゐりたりければ、いよく心まさりして賞《め》で思《おぼ》し食《め》しける。これも一定《いちぢやう》まゐり侍りなん。

果して、女は夜深けて忍びやかに参上した。こうなると、手紙というよりもむしろ符牒、サインというべきであろう。

手紙の形式はしばしば物語や小説に応用される。『堤中納言物語』の「よしなしごと」、仮名草子の『薄雪物語』、西鶴の『万の文反古』など、日本の古典文学にも書簡体小説の類は少なくない。生母女三の宮と実父柏木との間に交された古反古を得て、薫が自身の暗い宿命を確認する、『源氏物語』橋姫の巻の叙述もすぐれている。

まづこの袋を見たまへば、唐《から》の浮線綾《ふせんりよう》を縫ひて、「上」といふ文字を上に書きたり。細き組して口の方《かた》を結ひたるに、かの御名の封つきたり。開くるも恐ろしうおぼえたまふ。

手紙を認《したた》める場面、手紙を読む場面は、演劇でもきわめて効果的な舞台面を作り出す。

あたり見廻し。由良助。釣燈籠の明《あかり》を照し。読長文《よむながぶみ》は御台《みだい》より敵《かたき》の様子こまぐと。女の文の跡や先。《まゐらせそろ》ではかどらず。余所《よそ》の恋よと羨しくおかるは上より見下《おろ》せど。夜目遠目なり字性もおぼろ。思ひ付《つい》たるのべ鏡。出して写して読取《よみとる》文章。下家《した》よりは九太夫が。繰り下す文月影に。すかし読《よむ》とは。神ならずほどけかゝりしおかるが玉笄《かんざし》。ばつたり落《おつ》れば、下にははつと見上《あげ》て後《うしろ》へ隠す文。椽《えん》の下には猶ゑつぼ。上には鏡の影隠し。由良さんか。おかるか。

（仮名手本忠臣蔵、七段目）

『隅田川続俤《ごにちのおもかげ》』（法界坊）で、法界坊が恋敵の色男の懸想文だと思って、じつは自身の付け文を敵方の人物に読ませているうちに、途中で自身のものと気付いてうろたえ、あげくに差出人の名を読み上げられて、ぎゃふんとまいる場面も面白い。昔の手紙は長い巻紙状のものが多いから、絵になりやすい。今の便箋ではこうはいかない。

文学において、書簡という形式が作品の内容を最も強く規制し、そのことによってかえって最も率直かつ真摯に書き手の心を表現しうるのは、評論・批評の分野ではないであろうか。藤原俊成の『古来風躰抄』も、その子定家の『近代秀歌』や『毎月抄』も、本来特定の個人への消息として認められた。そこでは、俊成や定家は恰好のいいことを言って大向うの喝采を博そうなどと思ってはいないであろう。当の質問者にいかに誠実に、説得力をもって説くかということに全力を傾けているのであろう。ある歌論研究者は、「学校教育者という観点に立てば、俊成は決して教え上手な先生とは言えないのではないか」と言った。まことに、『古来風躰抄』の文章は明快さからはほど遠いものである。俊成自身もどかしがっている。

この心は、年ごろもいかで申のべんとは思う給ふるを、心には動きながら言葉には出しがたく、胸には覚えながら口には述べがたくてまかりすぎぬべかりつるを、……

けれども歌の声調に感動の根源を見出そうとする俊成の心は八百年のちの我々にも確かに伝わる。やはり、「文は人なり」である。

近衛中将への昇進を懇請した自筆申文——藤原定家

転任所望事

少将之中任日位階第一、出仕旧労四代。就中寿永二年秋忝列二仙籍一以来、奉公労二十年。当時中将之中、舎兄一人之外、皆多年之下﨟、数代之後進也。

今雖レ相二兼此理一、若依二兄弟之並一可レ為二昇進之妨一候歟。然者、自二斉信道信朝臣一以来、中将常為二兄弟相並之官一。自二侍従少将当初一、定家常黥二兄弟同官之名一、安元之昔拝二侍従一、文治之比無二其闕一、剰加二次将一、此両度奉公日浅、競望人多。若被レ嫌二此事一者、尤可レ有二其沙汰一候歟。而先遂二此望一重預二叙爵一。今及二衰暮之齢一、始被レ妨二此望一候者、兄仕二朝廷一者誰励二 奉公一候乎。就中近年三品崇班、経家顕家卿相並、台閣七人之中、長兼加レ任、夕郎三人之中、顕俊並補。是皆古今之例或希或無レ之。況又国通任二少将一、敦通任二侍従一、多無二 奉公之旧労一、各預二並レ兄之朝恩一。当時之徳政大略如レ斯。況定家更無二一人之上﨟一、久蒙二多年之超越一。令レ遂二此望一、誰為二非拠一候乎。

但此事猶依二身不肖一難レ被レ免候者、本望更不レ限二此一事一候。専顧二衰老凡卑之質一、不レ好二顕耀声華之職一。為二近衛次将一者被レ遷二便宜要官一者、古今之恒例候歟。内蔵頭右馬頭大蔵卿之間、若自然其闕出来候者、枉被二遷任一候乎。是皆雖レ似二過分之望一、悉為二後進之所一レ帯。令レ申二其闕一、何無二其憐一候乎。此三ヶ官之中、若被二遷任一候者、懇切所望超二過于転任一候者也。所詮空疲二中郎之望一、猶列二近仗之末一候之条、心肝如レ摧悲涙難レ乾候之間、重所二申入一候也。以二此趣一可レ令二洩申一候。定家恐惶謹言

*

〔訓み下し文〕

転任所望の事

少将の中、任日位階第一、出仕の旧労四代なり。就中《なかんづく》、寿永二年秋 忝《かたじけな》くも仙籍に列して以来、奉公の労二十年。当時中将の中、舎兄一人の外、皆多年の下﨟、数代の後進なり。（中略）

但し此の事猶身不肖に依り免され難く候はば、本望更に此の一事に限らず候。専ら衰老凡卑の質を顧み、顕耀声華の職を好まず。近衛次将たる者便宜の要官に遷せらるるは、古今の恒例候か。内蔵頭・右馬頭・大蔵卿の間、若《も》し自然其の闕出来し候はば、枉《ま》げて遷任せられ候か。是れ皆過分の望みに似たりと雖《いへど》も、悉《ことごと》く後進の帯ぶる所たり。其の闕を申さしむる、何ぞ其の憐れみ無く候はんや。此の三ヶの官の中、若し遷任せられ候はば、懇切の所望転任に超過候者なり。所詮空しく中郎の望みに疲れ、猶近仗《きんぢやう》の末に列し候の条、心肝摧《くだ》くるが如く悲涙乾き難く候の間、重ねて申し入るる所候なり。此の趣を以て洩れ申さしむべく候。定家恐惶謹言

*

建仁元年（一二〇一）十二月六日、四十歳の藤原定家は、未の時京を出て日吉に参詣、十二日まで通

夜し、法華経八巻を書写している。それが官位昇進の祈願であることは疑いを容れない。すなわち、『明月記』にいう。

自レ京伝聞廿二日除書云々。嗟乎悲哉、今度若漏レ恩者、弥増レ恥歟。雖レ有レ恩非二心中面目一、況無レ恩乎。愁列二近日出仕一、非二実厚縁一交レ衆、只増二恥辱一耳。頃止二出仕一之思、依レ思二三名事一、猶強恐二朝廷之咎一、雖二不肖一職一、若存レ命者、彼成人之時、待付相転□、仍忍レ恥拝趨。毎レ列二後進之末一、心中如レ摧。今度猶不レ叶者退心□□□。神徳有無両不レ知、只限二今度一耳。（同月八日）

十一日には、母と紫宸殿を見ようとして、鳥籠に入っていた「ヒロ」を犬が追い出し、犬も染糸を乾す竿の傍から逃げてゆき、鴨がその籠に入れ替ったという訳のわからぬ夢をみた。定家はこの夢を自ら次のように合せる。

思二此事一、戴二神恩一可レ遂二所望一想也。母ハ当社権現、紫宸殿ハ　御二覧除書一間、□□籠ハ羽林也。小鳥少将也、大鳥ハ中将也。今入替天追二出魔性之犬一。染絲ハ是禁色先表也。早遂二亜相之望一、即可レ拝二夕郎一耳。

しかし、この年には彼の中将への転任は実現しなかった。この年『明月記』の記事は十二月十九日までしか伝存しないので、同二十二日の除目に漏れた定家の悲嘆は直接確かめられないが、先の八日の記述からその落胆のほどは想像できないでもない。

この除目で、二十六歳の坊門国通が右少将に任ぜられ、二十歳の藤原顕俊が蔵人に補された。おそらく同じ時に国通のまたいとこに当る敦通が侍従に任ぜられたのであろう。さらに同二十六日には叙位があり、六条家の顕家が従三位に叙せられ、既に正三位である兄経家と「三品崇班」で「相並ぶ」

という家門の栄誉を施した。これより先、この年八月十九日三条長兼は左少弁となり、既に兄宗隆がその任にあった「台閣」（尚書、すなわち弁官）の中に加わっている。

掲げた申文は、これら朝恩を蒙った人々の例を挙げ、既に兄成家が右中将の職に在るからという理由で自身の中将への昇進が妨げられるべきではないこと、しかしどうしてもこの昇任が聴されないのであれば内蔵頭、右馬頭または大蔵卿の三種の官のうちいずれかを希望する旨を訴えたものである。このことから、少くとも建仁元年十二月二十六日以前の執筆ではありえない。また、建仁二年七月二十三日には内蔵頭に藤原長経が、大蔵卿に六条家の有家がそれぞれ任ぜられ、しかも有家の任官は「和歌賞」と聞き、「生而遇㆓斯時㆒、見㆓和歌賞㆒、独遺㆓身耻㆒、雖㆑顧㆓宿運㆒、猶廻㆓吾道名㆒、慟哭而有㆑余」（七月二十四日の条）と記しているので、これ以前には提出されたものであろう。その宛て先は内大臣土御門通親かとする説がある（村山修一『藤原定家』昭31・6刊、関書院）。

定家の悲願はそのまま老父俊成の悲願でもあった。

> 定家朝臣の中将の事申すとて、父の入道のよみて奉られたりし歌／小篠原風待つ露の消えやらでこのひとふしを思ひおくかな／（中略）程経て司召あるべしなど聞えしに、むすめの申し驚かされたりけるに、御返事かくなん／小篠原変らぬ色のひとふしも風待つ露にえやはつれなき／その度遂げられ侍りにき。（源家長日記）

定家の任左近衛権中将が実現したのは、建仁二年閏十月であった。『明月記』には次のごとき「反古裏」が録されている。

> 慶賀事／右久積㆓鳳闕左伏之旧労㆒、適浴㆓虎賁中郎之朝恩㆒、自愛無㆑極候之処、今預㆓賀札㆒、殊抽㆓

感懐﹂／立昇たづのこゝろはをもひやれかひあるみよのわかのうら浪／併期﹂拝謁之次﹁、恐々謹言、

後十月廿一日　左中将定

知人の祝詞に対する返礼の案文であろう。しかしこれから先、次のステップ、参議への道のりは長かった。

内裏炎上の際に村上天皇は橘直幹の申文の存否を下問したという。謹直に記された定家自筆のこの申文は東京国立博物館に保管されて、天才歌人の世俗との関わりを今なお生々しく語りかける。

断章取義と断章趣味と

断章取義という語句がある。諸橋轍次著『大漢和辞典』では、この句を次のように解説する。「章を断じ義をとる。作者の本意、詩文全体の意味の如何にかかはらず、其の中から自分の用をなす章句のみを抜きだして用ひること」。そして、『礼記』中庸の疏と『孝経』の伝とを用例に掲げている。

このような語句があるほどだから、断章取義は古代中国においてすでに、思想家や文筆家の表現に際しての常套手段と考えられていたのであろうが、これはまた日本の王朝人にいたく愛された詩文享受の方法でもあった。彼等はたとえば白楽天の諷喩詩から、作者の真意とは無関係に秀句佳句を切り取ってきて、これを愛唱した。こうして、たとえば、

第一第二の絃は索々たり、秋の風松を払つて疎韻落つ。第三第四の絃は冷々たり、夜の鶴子を憶うて籠《こ》の中に鳴く。第五の絃の声はもつとも掩抑せり、隴《ろう》水凍り咽んで流るること得ず。

（和漢朗詠集、雑、管絃）

というような、管絃についての名描写は、その原詩「五絃弾」が一篇の趣旨を「悪《ム》二鄭《ノ》之奪《フコトヲ》一レ雅《ヲ》也」と注記していることなどおかまいなしに、広くもてはやされ、さまざまな文芸の分野に影響を与えていく。そこにはある物事に関して、全体の発想の土台たる思想的な部分を切り捨てて、先進的な技術

だけを受け入れてきたと、ともすれば批判されがちな、われわれ日本人の体質というか、姿勢が早くも窺われるような気がしてならない。このような思想性を欠いた受容の仕方は、断章取義というよりもむしろ断章趣味と呼んだらいいのではないだろうか。

『千載佳句』や『和漢朗詠集』、そしてまた『新撰朗詠集』などという名句選を編んだ王朝人の、このような断章趣味の伝統は、中世・近世の人々の間にも生きていたように思われる。慈円が選んで自ら詠じ、藤原定家にも勧めた「文集百首」の句題は、その名の通り『白氏文集』の秀句佳句に拠ったものであるし、寂然の「法門百首」は多くの聖教の要文を題としたものであった。法性寺忠通・藤原俊成・西行・慈円など、大勢の人々が試みている「法華経二十八品和歌」も、品名だけでなく、法文を伴っているのが普通であろう。短く切り取られたそれらの法文――釈尊の金口を通して語られたと信じられていたそれらの言葉は、これ皆まさしく金言である。そして、『法華経』そのものが優れた文学作品であることを感じさせるに十分である。

勧持品　我不愛身命、但惜無上道

ねをはなれつながぬふねをおもひしればのりえむことぞうれしかるべき　（西行・聞書集）

法師品　漸見湿土泥、決定知近水

むさしの丶ほりかねの井もある物をうれしく水のちかづきにける　（藤原俊成・長秋詠藻）

これら古典の断章を惜しげもなく駆使して綴って、しばしば張り交ぜ屏風だとかつづれ錦などと酷評されるのが早歌や謡曲の詞章だが、近世に入るとその謡曲それ自体が古典となって、その名句が引かれ、もじられるようになる。また、自らの時代の所産である浄瑠璃や歌舞伎にしても、再演以後は通し狂言よりはむしろ特定の名場面が繰り返し上演されるのが普通である。そして、まれに通しの形で復活上演してみると、いやに水っぽい、味の薄いものとなって、やはりしばしば演ぜられているお馴染みの場が名場面であったことを改めて知らされる。それらのさわりや名科白なども人々に口ずさまれるようになる。鸚鵡石などという名科白集も編まれるに至る。

多分、明治文学あたりまでは、このような形での古典の受容がかなり顕著に認められるのであろう。一葉や紅葉・鏡花はもとより、漱石・鷗外などの作品を垣間見ても、そんな気がする。

しかし、このような傾向は、現代文学ではきわめて稀薄であるようだ。『源氏物語』における『古今和歌集』や「長恨歌」のような、乃至は近松の浄瑠璃における謡曲のような、構想や表現の上でほとんど抜きさしならぬ古典を、現代の作者達は、そしてまた読者達も、多分持とうとしないのであろう。といって、うたかたのごとく生れては消える歌謡曲やCMは、構想はもとより表現の支えとするには余りにもはかない。典型を求め難いのが現代なのであろう。確かにそれだけ、古典は遠くなっている。

＊

断章趣味は、長歌よりは短歌を選び取り、短歌から連歌へ、さらに俳諧へと短詩型を追い求めていった日本人、「なにもなにも、ちひさきものはみなうつくし」（枕草子）という美意識を持ち、箱庭を好み、根付の趣向に凝った過去の日本人にとりわけ愛された趣味に違いない。しかしながら最初に述べたように、断章取義とは、白髪三千丈式、万里の長城式に、大きなことはよいことだと考えていたに相違ない古代中国人の作った言葉である。これまた日本で愛読されたものだが、『蒙求』なども、一種の断章取義的精神の所産ではないであろうか。清言の書として知られる洪自誠の『菜根譚』にしても、切り詰められた表現の裡に、幾多の古典の叡智を凝集させている。

東洋だけではない。西欧においても断章取義は物書きや狂言作者の常套手段であったであろう。モンテーニュの『エセー』はおびただしいラテン語文献の引用によって説得力を強化されている。シェークスピアの戯曲にしても、似たような現象が認められるであろう。断章取義は古典が万人の叡智の汲めども尽きぬ源泉として絶えず汲み上げられていた時代、古典主義時代の人々にとって、普遍的な思考と表現の方法であったと思われるのである。

そしてまた、西欧の文学や芸術では、日本の場合よりも遥か後々まで、この方法が生き続けていた、あるいは今でも生き続けているのではないかという気がする。翻訳物で、この箇所はギリシャ・ローマ神話や旧聖書に基づく旨の注記に出くわしたり、それらに素材を仰ぎ、またはそれらに着想を得た絵画などを見ると、そのことを痛感させられる。そしてそれに対して、われわれ日本人の大方にとって、そのようないわば共有財産ともいうべき叡智の源泉としての古典（または古典的教養）がいかに乏しいかを、改めて思い知らされるのである。

おそらく王朝人にとっての『白氏文集』や『法華経』は、西欧人にとってのギリシャ・ラテン文学や聖書に匹敵する存在であったであろう。しかしながら、現代日本人の大方にとってのそれらは、生活と関わること薄い古代中国の詩文集であり、古代インドの宗教文学でしかありえない。それらが生活の中に滲透し、時に人生の指針となっているなどとはとうてい言えない。では、われわれ自身の先祖が遺した『古事記』や『源氏物語』を通して人生での知恵を学んだといえる人が、果してどれほどいるだろうか。現代日本人の多くは、その思考や判断の支柱となるべき古典を持ち合せていないといっても言い過ぎではないであろう。

といってわたくしは、西欧の知的伝統を羨望するものではない。また古代中国詩人の思想性に強く惹かれるものでもない。敢えて言えば、先に思想性を欠いているゆえに断章取義というよりは断章趣味と呼ぶべきであろうといった、美の上澄みだけを掬い取ろうとした、王朝人の浅薄なる趣味をむしろ愛する。言葉の美しさ、言葉の面白さそれ自体を楽しみたいのである。

今度、日本の古典の中から名句名言を切り取るという途方もないことをあえて試みるに際して、絶えずわたくしの念頭にあったのは、以上のような古典と自分自身との関係であった。

*

かつての暗い時代に、日本の古典から（それに若干の中国古典をも加えて）極めて教訓的、精神主義的な章句を抜き出し、時局にふさわしい解説をこれに付すことによって国民一般を教化しようとする試みがなされたことを、今度始めて知った。日本人としての民族的自覚を高め、もって戦時の難局を乗り切ろうとしたのであろう。それは日本文学報国会編『定本国民座右銘』（昭和十九年五月刊、朝日新聞社）というもので、一年に合せて三百六十六句収められている。例の「愛国百人一首」と軌を一にするものであるといえる。

もとより、今度の試みに際しては、この本は全く参照しなかった。今この作業を終ったあとで始めてこの本を開いてみると、考えさせられる点は少なくない。特に、ある時代、ある社会におけるいわゆる文化人なるものの責任ということを考えざるをえない。そういう時代の、そのような露骨な目的意識を持った試みにおいても、これこそ不易というべき名句名言も選ばれてはいるのである。そして中には時局におもねらない解説を加えている人もいるに違いない。が、総じていえば、この本こそは断章取義による言論の恐しさの見本ではないだろうか。

一首の和歌、一句の俳句は、しばしば実作者から離れて独り歩きを始める。同じように、古典の中の名句名言も、それが名句名言であればあるほど、その古典全体から切り離されて歩き出す。それは時にはきざな俗物の知的装飾と堕し、時には民族意識宣揚の武器として利用される危険をも内蔵している。しかしまた、それは原作者の意図とは全く異って解釈され、すなわち誤解され曲解されながら、しかもなお一人の人間の打ちひしがれた心を慰撫し、鼓舞することもありうるし、生を楽しく彩ることもありうるであろう。

言葉は恐ろしい。そして、言葉は面白い。

繰り返していう、わたくしは古典の言葉の美しさ、面白さそれ自体を楽しみたい。が、そういう恐ろしさを持っている言葉の力についても、できることならば考えてみたい。さらにいえば、それらの言葉の一つ一つを元の古巣である古典全体に戻した上で……。

古典の名言　開口

自分の思っていた通りのことを他人がうまく言ってくれているのを聞いた時は、嬉しいというか、胸がすっとするものである。自分は気が付かなかったけれども物事の真実を衝いている言葉を聞くと、得をした気になる。それを聞いたことで、その人の視界は拡がるだろう。時には相当疑わしいこと、にわかには信じられないようなこと、こちらの神経を逆撫でするようなことを耳にする場合も、当然ありうる。しかしながら、それらにしても、一人だけの判断にもとづく独断と偏見を軌道修正してくれるかもしれない。

本を読むことの楽しみと効用も、そのようなものであろう。そのように、一冊の本の中でさまざまな形でこちらに働きかけ、訴えかけてくる語句に出会った場合、ある人はその部分に線を引く。またある人はわざわざ書き抜くかもしれない。それがその人にとっての、その本の中での名言となる。古典文学は長い時間にわたって沢山の人々に読み継がれてきたから、それだけ多くの個性が名言として線を引き、書き抜いてきた警句や箴言に満ちている。それでもなお、異なった個性の持ち主が新たな目で読み直せば、さらに新しい名言も発見されるであろう。古典はその意味でも新しい。

古くから多くの人々に愛されてきた名言の中には、余りにも人口に膾炙した結果、最初その作品の文脈の中で言われたのとはやや異なった意味を持たされたり、拡大解釈されたりしているものもありそうだ。言葉というものは一個人の私物ではない以上、それはそれでよいのだろうが、しかしやはりその名言を最初に口にした表現者が本来意図したのはどういうことだったのか、それを知ろうとすることも意味があるであろう。「百人一首」で耳馴れた歌を元の歌集に戻して、集を構成する一分子として読むと、また異なった印象を受け、新たな味わいが生ずるように、独立した句として親しんできた名言を原典の中で読むと、その作品や作家への理解は深まるに違いない。

教養とは何だろうか。こういう疑問は古くから投げ掛けられてきた。それに対して明快な回答が出されたのかどうか、わからない。が、少なくとも、自身の生まれ育った国の古典に対して無関心ではなく、またある程度の知識をも有することが、教養ある人間の一つの条件であるとは言えるのではないだろうか。そんなことを漠然と考えていた時、佐藤春夫が一九三五年に発表した文章（年少子女のために古典を説く）の中に、「文学に志す――作家は無論、読者としても――には先づ母国の文学に親しむといふが原則であらう」という一行を見出して、我が意を得たりと膝を叩く思いであった。この文章では「岩波文庫の国文学のなかに収められている位なものはみな一とほり見て置かなければなるまい。さうしてそのなかから自分の愛読に適するものを見つけて尠くも三度ぐらゐ通読したらよからう」と「年少子女」に勧めているのである。現代の「年少子女」に同じことを言っても、果たして耳を貸すだろうか。

古人がすべて偉大であるわけはない。人間は多くの愚行を重ねてきた。だから、古典がすべて宝ということにもならないだろう。がらくたもないとは言えない。しかし、聖と俗とがともに人間の本性であるならば、がらくたと見えるものの中にも、真実は潜んでいるに違いない。毒も服しようによっては薬となるのだ。

本書（『別冊國文學52号　日本の古典名言必携』）は、常に自らの研究対象としてそれぞれの古典作品・作者と対峙している研究者達が、専門家であると同時に一人の素朴な読者として、裸の人間として、改めて作品を読み返した時、めいめいの琴線に触れた名言の数々を、簡潔な解説とともに提示し、人として生きることの意味を読者とともに考えてみようとするものである。既に人口に膾炙している名言はもとより、はっと気付かされるような埋もれていた佳言、口に苦い薬のような苦言、耳に逆らうような忠言に類するものもあるであろう。時には迷言もないとはいえない。しかし、それらすべてが人間精神の所産なのである。とどまることを知らない技術の進歩（？）にともなって、自然破壊もその速度を増し、人の命の尊厳も脅かされてきている。だからこそ、立ち止まって本を読みたい。古典の中に名言を探り続けたいと思う。

ポローニアス　……ハムレット様、なにをお読みで？
ハムレット　言葉だ、言葉、言葉。
ポローニアス　いえ、なかには、どんなことが？
ハムレット　なか？　誰と誰とのなかだ？
ポローニアス　その、いまお読みになっておられる本の、中味のことをおうかがいしておりますので。
ハムレット　悪口だ。こいつ、なかなか辛辣な男で、こう書いている。

（『ハムレット』第二幕第二場、福田恆存訳による）

あきらめに住す

江戸っ児はあきらめに住するものなり。（芥川龍之介）

芥川龍之介が書き残した、友人・知人に関する短い文章はじつに面白い。あたかもみごとな似顔絵のように、その人物の風貌、さらには性格や生き方までを的確に捉えている。

最初に掲げた一文は、「久保田万太郎氏」と題する、そのような人物記の一篇に見出されるものである。大正十三年（一九二四）、芥川三十四歳の時の文章である。この文中で自身「原稿用紙三枚の久保田万太郎論」と言っているが、まことに短章のうちに久保田万太郎の人となりとその文学の特色をみごとに言い得ている名文である。

右の一文に続いて、「既にあきらめに住すと云ふ、積極的に強からざるは弁ずるを待たず」と述べ、万太郎の作中人物の多くは「閭巷《りよかう》無名《むめい》の男女」であり、また万太郎自身が時に浮べる微笑は「微哀笑」と呼ぶのが適切であると言う。そして再び、「既にあきらめに住すと云ふ、積極的に強からざるは弁ずるを待たず」と繰り返し、ここで「然《しか》れども又あきらめに住すほど、消極的に強きはあらざるべし。久保田君をして一たびあきらめしめよ。梃《てこ》でも棒でも動くものにあらず。談笑の間《かん》もなほ然り。酔《ゑ》うて虎となれば愈然《いよいよ》り」と転ずる。この文章の呼吸が絶妙だ。そしてさらに、「この強からざるが故に強き特色は、江戸っ児の全面たらざるにもせよ、江戸っ児の全面に近きものの如《ごと》し」と述べ、芥川自身は「先天的にも後天的にも江戸っ児の資格を失ひたる、東京育ちの書生なり」と言う。

私自身はいわゆる江戸っ児ではない。もとより久保田万太郎とのゆかりはない。が、芥川のこの一文が好きだ。好きだというよりも、生きていくうちに思いもかけないさまざまな事態に直面しては、うろたえたり、怒ったり、嘆いたりする自分に対して、しばしばこの一文を言い聞かせているもう一人の自分に気付くのである。そうなるとこの言葉は、どう見てもオプチミストではない自身の生き方の指針となりつつあるのかもしれない。

芥川が自殺してから三年後、哲学者九鬼周造が『「いき」の構造』を発表した。この論文の中で九鬼は〈「いき」の構造は「媚態」と「意気地」と「諦《あきら》め」との三契機を示してゐる〉と言う。〈「いき」のうちには運命に対する「諦め」と、「諦め」に基づく恬淡《てんたん》とが否み得ない事実性を示してゐる〉と述べ、仏教的世界観がその背景にあると論じてもいる。

「いき」は江戸っ児の理想とする美意識であった。私は江戸っ児ではない。人間は野暮である。あきらめのいい方ではないかもしれない。しかし、そうであればあるほど、あきらめに住し、物事に恬淡と振舞いたいと希っている。そして同時に、芥川の言う「強からざるが故に強」くありたいとも考えている。

古語断想

誰しも英語などを習い始めた頃には、単語帳とか単語カードなどを持ち歩いて、試験の前には電車などで必死になって覚えた記憶を持っているであろう。しかし、そうやって覚えた単語がどのくらい身に着いたかは、いささかおぼつかない気もする。やはり外国語の知識は、教室で教わるにせよ、自習するにせよ、文章そのものを読む過程で、さながら煉瓦を積み重ねてゆくように、単語なり構文なりを一つ一つ覚えていくもののように思うのである。

そして、それは古文、古語の場合も同じではないだろうか。言葉だけを抜き出して覚えようとしても覚えられるものではない。一通りの意味はわかっても、その言葉の持つ拡がり、微妙な響きや味わい、色合いはわからない。言葉は一つ一つ、それが使われている文章、文脈の中で理解し、味わうべきものである。

それゆえ、基本的な古語については、最も典型的な用例文を数多く知っていることが、古文、古典の世界に入るための鍵ではないであろうか。そしてその例文も、特別な作品であるよりは、まず最も基本的なというか、著名な作品のもの、たとえば、源氏物語や枕草子、平家物語や徒然草などであることが望ましいのである。

そのような例文集があってもいいのではないかと、かねがね考えていたので、古語の世界を一つの宇宙と見立てて、その宇宙を構成する無数の星々にもなぞらえられる言葉の数々から、幾つかの言葉を拾い出して、その語義を考えるという今回の本誌（『國文學』）の企画をも、大層面白いと感じて、まずその言葉集めから手を付けてみたのであった。

作業を始めると、そもそも基本的な古語とは何だろうという疑問に逢着した。辞書作りの世界では、しばしば基礎語ということをいうのだが、その基礎語と基本的な古語とはもとより重なるけれども、同じではない。結局、基本的な古語ということであれば当然入るべきなのに今回は洩れてしまった言葉もあるであろうし、逆に、必ずしも基本的ではないのに入っている、小惑星みたいな言葉もあるであろう。方針が一貫しているとは自分でも思っていない。ただ、こんな調子で言葉の数をもっともっとふやしていったならば、一寸変った辞書風の読み物、あるいは読む辞典が出来るのではないかと考えている。そして、引く辞典だけでなく、そういう辞典もあってもいいのではないかとも思うのである。

最近日本語教育が盛んであるらしいが、いささかお手軽に考えられているような感じがしないでもない。日本語教育は、現代の日本の社会で日常言語として日本語を話していれば出来るということではないであろう。古語と現代語の違いとつながり、一見つながらないようでいて実はつながっているその脈絡などに関心を持っている人こそ、外つ国の人々に対して日本語の特質を語ることが出来るのではないか。

＊

形容詞の語義や語感は、時代によって随分変るように思われる。人間の微妙な感情を表す言葉だけに、変りやすいのであろうか。平安女流文学でのこれら形容詞の持つ微妙な味わいを理解するためには、枕草子の類聚章段に親しむのが最も近道であるかもしれない。

助詞や助動詞の使い方なども、例文の中での働きを考えると理解しやすいのであろう。それらの例文として、和歌、特に小倉百人一首の歌などは覚えやすいものの代表といえる。古典に馴れようとする人は、直ちに索引の類にたよることなく、古歌を覚えるべきであろう。また、著名な古典文学のさわりぐらいは暗誦できて当然であろう。

それとともに、日本語教育を振興させようと為政者が考えるならば、日本の古典芸能に対しても、もっと目を向けるべきであろう。それらは日本語の生きた辞書であり、宝庫である。

対人関係で言葉遣いが大事であるというのはいうまでもないが、特に自称、対称などの代名詞の使い分けは難しいと思う。しかしまた、意外にそのようなことには無頓着で、どんな場合でもたとえば「ぼく」一つで済ませてしまうという人もいるものである。するとそれがいかにもその人らしいということになって、そういうざっくばらんな話し方がその人の人柄と見られるようになる。二人称にしても、現代では「おまえ」という言葉はよほど親しい間柄でないと使えないであろう。少し前までは、家庭では親が子に、夫が妻に、また、学校では先生が生徒に対していう、当り前の言葉であった。しかし、現在ではそれらの場合でもだんだん使われなくなってきていると思われる。けれども、この言葉も昔は十分の敬意を籠めて用いられていたのであった。そのような現代語と古語のニュアンスの違いは、何も本を読まなくても、芝居などを観ればすぐわかることではあるが、その違いを時代を追って辿るということになると、国語学上の研究になるであろう。それは面白いものとなるに違いない。

「貴様」という言葉も時代によって随分価値の変動した人称代名詞である。『大辞林』には、「中世末から近世初期へかけて、武家の書簡などで二人称の代名詞として用いられた。その後、一般語として男女ともに用いるようになったが、近世後期には待遇価値が下落し、その用法も現代とほぼ同じようになった」と説明されている。常磐津舞踊の「積恋雪関扉」で、逢坂の関守関兵衛実は天下を狙う大伴黒主が、小野小町に対して、「ア、貴様は女ぢやな。この夕暮に供をも連れず唯一人、此関へは何故来たのぢや」と言うが、あそこでの「貴様」ももはや相手を見下していう言い方なのであろう。「関の扉」の初演は天明四年（一七八四）十一月、江戸の桐座である。

「あなた」という人称代名詞も、江戸時代には敬意の高い二人称の代名詞として用いられた。しかしながら、「あのお方」という三人称的な用法もある。「本朝廿四孝」の第四、十種香の段を見ると、この二つの用例が続いて出て来る。腰元濡衣実は斎藤道三の娘が花作りの簑作実は武田勝頼に対して、「申し簑作様。合点の行かぬは貴方のお姿。どうした事で此様に」という「貴方」はもとより二人称としての用例だが、その少し先で、上杉謙信の娘八重垣姫が濡衣に、簑作はそなたの恋人かと尋ねたのに対して、「オ、お姫様のおつしやる事わいの。人にこそよれ、何のあなたに勿体ない」という「あなた」は「彼方」であって、三人称的に用いられているのである。芝居を見るのも、落語を聞くのも、勉強になる。

大学にはいって、第二外国語でフランス語を習って、tutoyer という動詞を知った。「きみ・ぼくで話す」という言葉であるという。ドイツ語にもそれに相当する動詞があるようである。代名詞というのは、どこの国の言葉でも面白そうである。

＊

仕事によっては、夕方近く出版社の編集部に出掛けていって、遅くまで仕事をしてから編集者の人人と一緒に食事を摂ったりする。少し前、ある歳時記の編集をしていた頃は、週に一度はそんなことの連続であった。そのようなある時、比較的遅くまでやっている中華料理の店に行って、メニューを見ると、「にべ」を煮たか揚げたかした料理というのが載っている。これを取ってみようと注文したら、「にべはもうありません」というボーイの返事だった。「にべもない返事だね」と笑ったが、さすが編集者達だけあって、それにしても、どうして「にべもない」というのだろう、魚のにべと関係があるのだろうかという話になった。しかし、その場ではわからなかった。あとで辞書を引いてみると、「にべ（鮸）」と「にべない」とは深い関係があることを知った。鮸という魚のうきぶくろ（鰾）から粘りのある膠が採れるのだという。その膠のことをも「にべ」というそうである。その膠の粘っこさから、お世辞とか愛想などの意味が出てきたようである。『岩波古語辞典』では、膠の例としては三略抄の、愛想、お世辞の例としては真歇拈古鈔と毛吹草の用例を掲げている。ついでに『邦訳日葡辞書』を引いてみたら、「Nibe」として、「弓の竹を接着するのに使う一種の強力な糊」と解説してあった。「にべもない」という現代語も、少なくとも中世まで遡ることができるであろう。中華料理店で鮸がなかったばかりに、ささやかな勉強をする結果となった。その後も同じ顔ぶれで同じ店に行き、念願の鮸とも対面することができた。言葉というものは面白い。

つれづれ（徒然）

語源は「連れ連れ」で、同じ状態が連続することをいうのが原義であったのではないか。時代的にはやや下るが、『後拾遺集』に橘俊綱の「つれぐ〵とおとたえせぬはさみだれののきのあやめのしづくなりけり」（夏・二〇八）という歌がある。この「つれぐ〵と」は、長く連続しての意と解される。「顔をつれぐ〵眺むれば」（冥途の飛脚・下）という、「つくづく」に近い「つれづれ」も、本来この原義に発するか。用例としては、藤原敏行の「つれぐ〵のながめにまさる涙河袖のみぬれてあふよしもなし」（古今・恋三・六一七、伊勢物語・百七段）が古い方に属するのであろう。この歌で「ながめ」は、「長雨」と、物思いに耽りながらじっと見つめることの意の「眺め」との掛詞となっている。すると、「つれぐ〵のながめ」という句には、いつまでも降り続く長雨と、思いに沈みながらいつまでもじっと見つめている自らの姿とが重ねられているのであろう。早くもこの敏行の歌に見られるように、歌の世界では、「つれづれ」という言葉は、「ながめ」「ながむる」ということと、それに伴って「長雨」と結び付いて現れることが多いようである。敏行の歌ののちには、『後撰集』に「つれぐ〵とながむるそらの郭公とふにつけてぞねはなかれける」（夏・一八五）という読人しらずの歌があるが、これは「五月ながが雨のころ」永らくの絶え間ののちに訪れた男に対して、女が詠んだものである。ここで女は、小止みなく降り続くさみだれの空をじっと見つめながら、そこに鳴くほととぎすに応ずるように泣いているのである。このような、「つれづれ」「ながめ」「雨」の構図は、「春雨のふる日　つれ〴〵とふれば涙の雨なるを春のものとや人のみるらん」(和泉式部続集)、「ながめするみどりのそらもかきくもりつれ〴〵まさるはるさめぞふる」(長秋詠藻)と、後代に継承されていく。この伝統的発想を、「鶯のなきくらす日の春雨はつれ〴〵ならぬ物にざりける」(桂園一枝)とひっくり返してみせたところに、香川景樹の、あるいは桂園派の新しさがあったのであろう。

　長雨に降りこめられていると、気分が鬱屈してくる。同様に、春の日永など、為すこともなくぽつねんといるのも、心の晴れないものである。そのように、為すこともなく、気の晴れないこと、所在なく、鬱屈していることをも、「つれづれ」といったようである。「三月ばかりある人に　つれ〴〵と思へばながきはるの日にたのむことゝはながめをぞする」(道信集)、「日もいと長きに(「人なくて」ノ異文アリ)、つれ〴〵なれば、夕暮のいたう霞みたるにまぎれて、かの小柴垣のもとに立ち出で給ふ」(源氏物語・若紫)などの「つれ〴〵」はそのような心の状態をいうのであろう。するとそれは、あの大伴家持の「宇良宇良爾《うらうらに》　照流春日爾《てれるはるひに》　比婆理安我理《ひばりあがり》　情悲毛《こころかなしも》　比登里志於母倍婆《ひとりしおもへば》」(万葉・巻十九・四二九二)という春愁にも通ずるかもしれない。また、『日本国語大辞典』では、『伊勢物語』の「(自分ヲヒソカニ恋シテイタトイウ娘ガ)死にければ、(男ハ)つれ〴〵とこもり居りけり」(四十五段)という「つれ〴〵と」を、「一つの状態、ことがら、動作などが、変化も中断もなく、長く続くさまを表わす語。そのままずっと」という意の例として掲げるが、この後に引かれる、「暮れがたき夏の日ぐらしながむればそのこととなく物ぞ悲しき」の歌を併せ考えれば、やはり、気の晴れない状態でという意と解されるのではないであろうか。同じ物語で、出家した惟喬親王の小野での有様を、「つれぐ〵といと物がなしくておはしましければ」（八十三段）と述べているのも、同様に解されるであろう。『岩波古語辞典』ではこの例を、「ひっそり閑散なさま。がらんとして物さびしいさま」の例として掲げるが、これも、為すこともなくぽつねんといる親王の状態が、訪れた馬頭に物さびしいと映じたのであろう。

　このように見てくると、心の状態に関していう「つれづれ」は、決して望ましいものではない。退屈、無聊という意とも説明されるが、それらの言葉では表しきれない、結ぼおれた感情を伴っていたように思われる。それゆえに、そのような心の状態から脱出する方法が考え出される。『枕草子』にいう、「つれづれなぐさむるもの。碁。双六《すぐろく》。物語。……くだもの。男などのうちさるがひ、ものよくいふが来たるを、物忌みなれど入れつかし」（百四十段）。しかし、これらによって心が晴れるのは一時的であろう。先に引いた「うらうらに」の歌の左注で、家持も言っている。「悽惆之意非レ歌難レ撥耳」。結ぼおれた心を解き放つには、物を書く他はないのである。かくして、「つれづれなる」状態に置かれた人は、物を書く。「この草子、目に見え心に思ふ事を、人やは見んとすると思ひて、つれづれなる里居のほどに書き集めたるを」（枕草子・三百十九段）、「つれぐ〵のあまりぬるとき、みるものきくものにつけてかきつくるいたづらごとの、むしのすになりてはいちりにし中に」（藤原長綱集）、「つれぐ〵なるまゝに、日くらしすゞりにむかひて、心にうつりゆくよしなしごとをそこはかとなくかきつくれば、あやしうこそ物ぐるおしけれ」（徒然草・序段）。「つれづれ」はこのようにして、文学作品創造の契機となる。

「徒然」という漢語は、『史記』や『後漢書』などに用例を求めることができる言葉である。『大漢和辞典』では、「㊀いたづらに。漫然。理由のないこと。㊁ただにしかり。そればかり。㊂むなし。うそ」などと解説する。日本漢文では、『凌雲集』での小野岑守の詩、『小右記』での例が知られるが、『色葉字類抄』は「徒然　ツレヅレ　无為分閑詞　トゼン」とし、『日葡辞書』も「Tçurezzure. 1, tçurezzurena」の項で、「Tojenna」と言い換えている。中世において「徒然」を「つれづれ」とも訓み、「つれづれ」に「徒然」の字を宛てていたことは確かであろう。

なさけ（情）

対人関係において「なさけ」があるということは、相手の心を察して、その欲することをしてやることである。また、その欲しないことはしないことでもあろう。『伊勢物語』六十三段はそういう「なさけ」の意味を雄弁に語っている。「むかし、世心つける女、いかで心なさけあらむをとこにあひ得てしがなとおもへど、言ひ出でむもたよりなさに、まことならぬ夢語りをす。子三人を呼びて、かたりけり。二人の子は、なさけなくいらへて止みぬ。三郎なりける子なん、「よき御男ぞいでこむ」とあはするに、この女、気色いとよし。こと人はいとなさけなし。いかでこの在五中将にあはせてし哉《がな》と思ふ心あり」――三郎は「狩しありきける」業平に逢って、母と会ってくれと訴える。業平は「あはれがりて、来て寝にけり」。そののちは見えなかったが、この年たけた女が自分をひたすら恋い偲ぶ有様を知って、また行って「その夜は寝にけり」という。そして、「世の中の例として、思ふをば思ひ、思はぬをば思はぬ物を、この人は、思ふをも、思はぬをも、けぢめ見せぬ心なんありける」と結ぶ。この、「思ふをも、思はぬをも、けぢめ見せぬ心」が「なさけ」ある人の心なのであろう。とすれば、それは博愛主義にも似ている。恋愛は相手を独占しようという欲望を伴うのが常である。「なさけ」と「恋」とは同じではない。

前引の勢語の文章にいう「心なさけ」は、一語と認定し、なさけある心、思いやりなどと解してよいであろう。『日本国語大辞典』では一語として立項し、この例の他に、「ひたぶるに思ひたえてもあるべきにあなむつかしの心なさけや」（藤原為真）という長承三年（一一三四）九月十三日『中宮亮顕輔家歌合』の例を掲げる。為真のこの歌はおそらく前引の歌物語を踏まえているのであろう。勢語の作者がたたえた在五中将の「けぢめ見せぬ心」を為真は「あなむつかし」と見た。判者藤原基俊がこれを「已存二誹諧之体一、尤為二誑誕一」と評したのは、それが恋の本意に背くと考えたからであろう。在五中将が「百年に一年たらぬつくも髪」の老女のもとに来て寝ることは、「なさけ」であって「恋」ではない。しかし中将を思う老女の思い嘆きは「恋」以外の何物でもない。それを「あなむつかし」と拒むのは、恋歌の本意に著しく背馳した「誹諧之体」なのである。

「恋」と「なさけ」とは違う。「恋情《こひなさけ》。爰《ここ》を瀬にせん。蜆《しじみ》川」（心中天の網島・下之巻）の「恋情」は、「恋も情も」の意であって、「恋＝情」ではない。けれども、時として、同情や憐憫が恋愛に類似することはありうるのであろう。漱石は『三四郎』にサヴーンの“Pity's akin to love”という句を引いている。美禰子の三四郎に対する感情はpityだったのだろうか、loveだったのだろうか。

見せかけのやさしさ、うわべだけの愛情を示すことは、「なさけづくる」「なさけがる」などといわれる。『源氏物語』関屋の巻には、常陸介死後の子供達と空蟬とのかかわりにおいて、この二語が近接して用いられている。「しばしこそ、さのたまひしものをなど、情づくれど、うはべこそあれ、つらき事多かり。……ただこの河内守のみぞ、昔よりすき心ありてすこし情がりける」。

人に対してのみならず、およそあらゆる物事に対して、反応の敏感な人と、反応の鈍い人、鈍感な人とがいる。敏感な人は「なさけある人」であり、鈍感な人は「なさけなき人」「なさけを知らぬ人」である。『伊勢物語』百一段では「あるじまうけ」した在原行平を「なさけある人にて、瓶《かめ》に花をさせり」という。こうしたら正客が快いであろうと室内に花を飾るやさしい心が「なさけ」なのである。そういう風流な心は、四季折々の移り変りを感じ取る心に通う。「春霞立田の山に初花をしのぶより、夏は妻恋ひする神南備の郭公、秋は風に散る葛城のもみぢ、冬は白妙の富士の高嶺に雪つもる年の暮まで、皆をりにふれたるなさけなるべし」（新古今集・仮名序）。したがって、「折節の移り変るこそ、物ごとにあはれなれ」（徒然草・十九段）と感ずる人、「もののあはれ」を解する人は、「なさけある人」なのである。すなわち、「なさけ」と「あはれ」とは近い関係にあるといってよい。たとえば了俊は自ら次のように回顧している。「愚老が冷泉家の門弟におもひ定めし事は、為秀卿のうたに、秋雨と云ふ題にて、情ある友こそ難き世なりけれひとり雨きく秋のよすがら　此の歌いかゞ侍りしにや、心にしみて侍りしかば、門弟に成り侍りしなり」（落書露顕）。ところが、同じ話での同じ歌を正徹は次のごとく語っているのである。「為秀の、哀しる友こそかたき世なりけれひとり雨きく秋の夜すがら　の哥をきゝて、了俊は為秀の弟子になられたる也」（正徹物語・上）。

和歌での「なさけ」という言葉の時代による使われ方を考える一つの手懸りとして、片桐洋一監修・ひめまつの会編『八代集総索引和歌自立語篇』（大学堂書店、昭61）を見ると、「なさけ」の用例は『古今集』一、『金葉集』二、『詞花集』二、『新古今集』七であることが知られる。以後の勅撰集では、『玉葉集』と『風雅集』がずば抜けて多い。また、『新編国歌大観』第三巻私家集編Ⅰ（角川書店、昭60）の索引によって「なさけ」の語に始まる句を見れば、『経信集』の一例などを除いて、すべて平安末期から鎌倉初期の歌人の用例で占められていることがわかる。さらにまた、先の『新古今集』の七例中四例は西行の作品に見出されるのである。臼田昭吾『西行法師全歌集総索引』（笠間書院、昭53）によれば、ざっと二千首を数える西行の全作品で「なさけ」の語を含む歌は十六首。「なさけ」の語を多用した点でこの西行に伯仲する歌人は、おそらく慈円であろう。「なさけ」はこの二人の歌人の和歌世界に分け入るキー・ワードの一つであるかもしれない。

歌語の変遷

「歌語」という言葉の意味する範囲は、じつはそれほど明瞭ではない。試みに、『広辞苑』（第四版）で「歌語」をどのように解説しているかを見ると、

特に和歌を詠む場合に用いられる言葉・表現。「鶴《つる》」を「たづ」という類。また、序詞・懸詞など。

とある。漢語の「歌語」に相当する大和言葉は「うたことば」であろうから、念のためにその方も参照してみると、

日常語・散文に用いられず、もっぱら歌にだけ用いられる詞。歌語。

とある。「うたことば」の説明の中で「歌語」と言い換えているのだから、〈歌語＝うたことば〉のようでもあるが、では、「歌語」の項にあった、「また、序詞・懸詞など」はどうなってしまっているのであろうか。

そこで、今度は『日本国語大辞典』の「歌語」の説明を見ると、

主として、和歌をよむ時だけに用いられる言葉。鶴《つる》に対する「たづ」、蛙《かえる》に対する「かはづ」など。広くは四季の景物、歌枕、古歌の秀句、異名、序詞、懸詞など和歌の表現に関わる慣用的類型的な語句の体系をさす。

とあって、「歌語」なる語には広狭両義の使い方があると知られる。なお、「うたことば」については、同辞典でも「日常語や散文にはあまり用いられないで、主として和歌に用いられることば。歌語」と解説しているので、『広辞苑』でも『日本国語大辞典』でも、「うたことば」は狭義の「歌語」に対応すると見ているると解すればよいのであろう。

では、筆者は広狭いずれの「歌語」を考えているかというと、「和歌をよむ時だけに用いられる言葉」と限定してしまうことにはためらいを感じる。全く日常的な言葉でも、一旦和歌的な表現の中に置かれれば、それはその時点で歌語であり、うたことばであると言ってよいのではないかと思うのである。たとえば、「桜」は全く普通の言葉だが、

世の中にたえて桜のなかりせば春の心はのどけからまし　（古今集・春上　在原業平）

という一首の歌の中では、歌語なのではないか。同様に「世の中」という言葉も「春の心」という語句も歌語またはそれに準ずるものではないか。それらを歌から取り出せば、普通の言葉に戻ってしまう。またはこの歌での「春の心」のように、それだけでは意味不明瞭の句となってしまう。それはあたかも、役者が舞台の上でそれぞれの役になりきって劇を演じている間は観客を魅了するが、幕が下りて衣装を脱ぎ、化粧を落とせば普通の人と別段変わらないのと似たようなものである。

そう考えると、広義の「歌語」という理解に立つことになるのだが、しかしその一方で、序詞・懸詞や縁語など、和歌的修辞をも歌語の範囲に取り込んでしまうのは、余りにも茫漠とした感じがしないでもないのである。結局、筆者としては広狭両義の中間あたりを考えているのであるが、本稿では問題が多岐にわたることを避けるために、主として狭義の歌語に視点を定めて考察することになるので

あろう。

＊

狭義の歌語ともいうべきものが万葉集の時代に既に生まれていたらしいことは、前節で見た『日本国語大辞典』や『広辞苑』の解説において例とされている、「つる」（鶴）と「たづ（田鶴）」、「かへる（蛙）」と「かはづ」などの言葉が共存しつつ、使い分けられていたという事実から推測される。たとえば、『時代別国語大辞典上代編』では、「つる」について、「歌語としてはタヅを用い、ツルを用いていない。『鶴』の字をツルの借訓仮名として多用する。タヅに対する俗語的称呼か」と説明し、「かへる」についても、「歌にはカハヅが出てくるだけで、万葉には『蝦』が借訓仮名として用いられているにすぎない」と述べている。狭義の歌語的なものは古くから確かに存在した。問題はなぜそういう特別な言葉の使い分けがなされたのかということである。

前節で一首の歌を劇に、その中の言葉を役者に喩えたが、劇は日常の現実そのままではありえない。同様に、歌はそれ自体日常的言語表現ではない。歌は言語によるさまざまな感動の表出であるから、本来非日常的な言語表現である。したがってその中で用いられる個々の言葉も、日常的な言葉、いわゆるケの言葉ではなく、感動を托すにふさわしい美しい言葉、いわばハレの言葉であるのが当然だという考え方が根底にあるのではないだろうか。

古今和歌集の仮名序で、「力をも入れずして天地を動かし、目に見えぬ鬼神をもあはれと思はせ、男女の中をも和らげ、猛きもののふの心をも慰むるは歌なり」と歌の効用を謳っていることは余りにも有名であるが、古くから多くのいわゆる歌徳説話が伝えられているのも、歌が普通の物言いよりもはるかに人を感動させる力を有する、非日常的言語表現と考えられていたことの現れであろう。そのような歌で用いられる言葉は、やはり特別なものであって当然だという考えが存し、万葉集の時代から平安時代へと下がるにつれて、狭義の歌語的なものはいよいよ増大していったのであろう。それらは平安時代から中世にかけて編まれた、多くの歌学書（髄脳の類）に集められている。たとえば、順徳院の八雲御抄巻三、巻四などは、一種の歌語辞典であり、さらに広く国語辞典的性格を有するものである。

*

平安時代の比較的初め、和歌は漢詩に代わって、宮廷詩歌を代表するものという地位を獲得する。その宮廷という場は優艶典雅、そして華麗を事とする世界である。それに伴って、和歌も優にやさしく、みやびやかで華やかなものをよしとする価値観が支配的になってくる。

　まづ歌は和国の風にて侍るうへは、先哲のくれぐれ書き置ける物にも、やさしくものあはれによむべきこととぞ見え侍るめる。げにいかにおそろしき物なれども、歌によみつれば優に聞きなさるるたぐひぞ侍る。それに、もとよりやさしき花よ月よなどやうの物をおそろしげによめらんは、何の詮か侍らん。

というのは藤原定家の毎月抄の一節であるが、おそらくこれと、八雲御抄巻六の、

　寂蓮法師がいひけるは、「歌のやうにいみじき物なし。猪などいふおそろしき物も、臥す猪《ゐ》の床な

どいひつればやさしきなり」といふ。まして、やさしき物をおそろしげにいひなす、無下のことなり。安倍清行が式に曰く、「凡そ和歌は花を先、実を後とし、古語并びに卑陋なる所の名、奇物異名を詠まず、ただ花の中に花を求め、玉の中に玉を探るべし」といへり。

という一節は、照応しているのであろう。このような考え方は、当然狭義の歌語にも規制として働きかける。すなわち、俗語や奇異な感じを与える言葉、優艶さからは程遠い印象を与える漢語などは、いわば非歌語として極力斥されるのである。

俗語またはそれに近い表現を斥する傾向は、藤原俊成の歌合判詞などに顕著に認められる。たとえば次のごとくである。

十六番左　賀茂重保

榊葉も雪の下にて巫子《きね》はやす音にぞ神のすみかをば知る

左歌は、「榊葉も雪の下にて」といひ、「音にぞ神の」などいへる心をかしく侍るを、中の五文字や、少し俗に近く侍らむ。（広田社歌合）

ここでは「巫子はやす」という句が「少し俗に近く侍らむ」と難ぜられている。「巫子」という単語が古歌に用いられている例は存するから、おそらく「はやす」という日常的な動詞が俊成にとっては卑俗な印象を与えたのではないであろうか。

ある事柄や行為などを具体的、写実的に事細かく描写することも、貴族的感覚からすれば、卑俗なことと考えられた。二条為世の著と見られる和歌庭訓では、

擣つ音のしばしとだえて聞えぬは今や衣を巻き返すほど

という擣衣の歌を引いて、

擣衣の歌は、鶯の声、琴の音にもまさりてやさしく聞き所など侍るに、入り立ちて案内者げに侍るこそ見苦しくこそ侍れ。大方は、古人もかかる事は知らぬにて侍らじかし。しかれども、見苦しきことなれば捨ててよみ侍らぬを、めづらしきことの残りたるとて、求め出しよまれ侍るは、口伝なきがいたす所にこそ侍らめ。

と難じている。砧の音のとだえたことから、それは擣っていた人が衣を巻き返しているための休止だろうと想像したのがこの作の狙いなのであるが、そういう着想自体が歌としては見苦しいというのである。この場合、歌句としては「(衣を)巻き返す」という句が、非歌語的要素として斥されていることになる。

漢語表現を避けるべきことは、歌論書で明言されている。たとえば、野守鏡では次のような説話を用いて、歌語は典雅な和語たるべきことを説いている。

藤原保昌、歌をうらやみて

早朝に起きてぞ見つる梅花を夜陰大風不審不審に

とよみたりける。和泉式部聞きて、「歌詞にはかくこそよめ」とて、

朝まだき起きてぞ見つる梅の花夜のまの風のうしろめたさに

と和らげたりける、同じ心とも覚えず、おもしろく聞ゆるをもても知るべし。その詞違へば、その心失するものなり。ただ保昌が詠のごとし。

また、藤原為家の詠歌一体では、「声のよみの物」(漢語の形をとっている物の名)を大和言葉の異名で

言い換えるべき例として、

牡丹　ふかみ草　　紫苑　鬼のしこ草　　蘭　藤袴

などの語を挙げているのである。

では、漢語またはそれに類する言葉は全く用いられなかったかというと、そうではない。早く、

勅なればいともかしこし鶯の宿はと問はばいかが答へむ　（拾遺集・雑下）

という例がある。大鏡では紀貫之女の作とする有名な歌である。しかし、この歌に関して、西行は西行上人談抄において蓮阿に、

この「勅なれば」といへるこそ、歌言葉ならねば相叶ふまじけれども、この歌にとりては、「いともかしこし」と続けたるが、殊に優美なり。

と語っている。「勅」そのものはあくまで歌語ではないけれども、前後の続け方によっては許容され、むしろ効果的だというのである。したがってその西行自身、

勅とかや下すみかどのいませかしさらばおそれて花や散らぬと　（山家集）

と歌っているのは、意識的に非歌語を用いているのであろう。

釈教歌の類では、漢語や梵語を漢訳した言い方などは避けることなく用いられている。

霊山《りやうぜん》の釈迦のみまへに契りてし真如朽ちせず相見つるかな　（拾遺集・哀傷　行基）

阿耨多羅《あのくたら》三藐三菩提の仏達わが立つ杣に冥加あらせたまへ　（新古今集・釈教　最澄）

時により過ぐれば民の歎きなり八大竜王雨やめたまへ　（金槐和歌集）

しかし、これらの例も、いわば例外例として、歌の内容からいって許容されるという意識の下に用

いられているのであろう。ある意味では、釈教歌は普通の歌の枠にははまらない歌なのである。

音便形も歌では避けるのが普通であった。やはり口頭語的な印象を与えるからであろう。けれども、伝西行自筆本の山家心中集には、

　いまさらにはるをわするゝはなもあらじおもひのど《ヤスウマチツヽ》めてけふもくらさむ

と改案を示したかのごとき例が存する。この場合「ヤスウマチツヽ」を採用すれば、音便を用いたことになる。また、西行と親しい寂然は大原から高野の西行に、

　あはれさはかうやと君も思ひやれ秋暮れ方の大原の里　（山家集）

と詠み送って来ている。もとより「かくや」の音便「かうや」に「高野」を掛けているのである。これらもむしろ意識的に非歌語的表現を用いている例と見られる。

*

西行以後、歌語にこだわることなく、着想を自由に表現しようとした歌人に慈円がおり、またそのような態度を全面的に肯定し、それを歌論書の形で述べた人に、京極為兼がいる。彼の、

　万葉の頃は、心の起こる所のままに、同じ事再び言はるるをも憚らず、褻晴《けはれ》もなく、歌詞、ただの言葉ともいはず、心の起こるに随ひて、ほしきままに言ひ出せり。　（為兼卿和歌抄）

という言葉は有名である。先にその中の一挿話を引いた野守鏡は、この為兼とその一派を激しく論難したものであった。

為兼の主張は中世においては結局少数派にとどまったが、近世に至ると、たとえば小沢蘆庵のただ

言歌の首唱などがあり、歌における言葉の問題は中世よりははるかに自由に考えられるようになる。

「歌の最第一は、心を先とする」（ふるの中道・ちりひぢ）という考えに立つ彼は、

ただ今思へる事をわが言はるる詞をもて、ことわりの聞ゆるやうに言ひ出づる、これを歌とはいふなり。（同・あしかび）

と説いたのであった。また、幕末の大隈言道は、

漢語、梵語も今は国語同前なるは、嫌ひなく歌にいふべきものながら、その選びをせねばならぬことになりてより、歌学びよくせずはいはれぬことになりたるなり。今の人の平語のごとく歌詞を自由にせずは、おのが心のままを言ひ出づること難かるべし。さればかく詞のよしあし、その姿などを習ひ得て、その後に詠むことになりたるは、いと悲しきわざならずや。（こぞのちり）

と言っている。これらはともに、もっぱら歌語の用い方を重視して、肝心の歌う心を閑却しがちな歌学に対する批判として言われているのである。

明治に入って、歌の用語について筆鋒鋭く論陣を張ったのは、正岡子規であった。「六たび歌よみに与ふる書」において、

今日軍艦を購ひ大砲を購ひ巨額の金を外国に出すも畢竟日本国を固むるに外ならず。さらば僅少の金額にて購ひ得べき外国の文学思想抔は続々輸入して日本文学の城壁を固めたく存候。生は和歌に就きても旧思想を破壊して新思想を注文するの考へにて随つて用語は雅語俗語洋語必要次第用ふる積りに候。

と宣言している彼は、「七たび歌よみに与ふる書」では、

たとひ漢語の詩を作るとも洋語の詩を作るとも将たサンスクリット詩を作るとも日本人が作りたる上は日本の文学に相違無之候。（中略）如何なる詞にても美の意《こころ》を運ぶに足るべき者は皆歌の詞と可申、之を外にして歌の詞といふ者は無之候。漢語にても洋語にても文学的に用ゐられなば皆歌の詞と可申候。

とも述べている。このような主張の下に、

久方のアメリカ人《びと》のはじめにしベースボールは見れど飽かぬかも

いたつきの閨のガラス戸影透きて小松の枝に雀飛ぶ見ゆ

などの歌もよまれているのである。

なお、「十たび歌よみに与ふる書」では、「汽車、鉄道などいふ所謂文明の器械」は「多く不風流なる者にて歌に入り難く候へども若しこれを詠まんとならば他に趣味ある者を配合するの外無之候」と述べ、以下具体的に花を取り合せたり、遠景として用いたりするのがよいと説いている。また、伝統的な歌語である「ふかみぐさ」に言及し、「生等には深見草といふよりも牡丹といふ方が牡丹の幻影早く著く現れ申候」と言い、音も「ぼたん」の方が強くていかにも牡丹らしいから、「客観的に牡丹の美を現はさんとすれば牡丹と詠むが善き場合多かるべく候」とも言っている。

鉢植に二つ咲きたる牡丹の花くれなゐ深く夏立ちにけり

赤羽根の汽車行く路のつくづくし又来む年も往きて摘まななむ

といった歌は、そのような考えを自ら実践したものであろうか。

子規の時代はまだ日本の都市文明の曙の時代であった。それゆえ、彼も自身の血脈を引く斎藤茂吉

がその壮年期に、

電信隊浄水池女子大学刑務所射撃場塹壕赤羽の鉄橋隅田川品川湾 （たかはら）

というような、玩具箱をひっくり返したように雑然とした、それこそ殺風景の極をなす東京風景を、ただ名詞を羅列する、いわばキュビズムのごときスタイルで歌うなどとは夢想もしえなかったであろう。

＊

やはり歌は世につれ、世は歌につれ、である。時代が変れば歌も変り、したがって歌語も変るのが当然なのである。じつはそのことは、歌語に関して保守的な立場を堅持していた古人も気付いているのである。八雲御抄巻六に次のような一節がある。

撫子をば常夏といひ、猿をばましらといはむと好む事、尤この道を知らぬ人の所為なり。鶴をばあしたづといふこそ、あしづるとはいはねば力なけれ、ただつるといはむをわろがりて、たづなどと好む、返す返す見苦し。

これによれば、古人も機械的にいわゆる歌語を用いていたのではないのである。時と場合によっては、非歌語とされていたものも認めていたのである。要は、その言葉を用いなければならないという必然性の有無である。その必然性は美に対する感動から生ずる。言っていることは古人と子規との間に大きな距りがあるようであるが、美に対する感動を重視し、それに最もふさわしい言葉を選ぼうとする基本的姿勢において、両者はさほど違ってはいないのである。

ここのところ必要あって、『古今和歌集』と『六百番歌合』をぼつぼつ読んでいる。『古今集』の場合は、顕昭・藤原定家・宗祇・契沖、そして香川景樹あたりまでの説には努めて目を通そうと心がけている。

郭公なくやさ月のあやめぐさあやめもしらぬこひもする哉

『古今集』恋歌一冒頭のこの歌での「あやめもしらぬ」という句の解釈に関する『僻案抄』における定家の説は次の通りである。

あやめもしらぬとは、人こふるあまりに、わが心ほれぐしくいふかひなくなりて、あやめもしらずなりにたりといふ也。あやめとは、錦ぬひものをはじめて、かめのかふ、かひのからまで、文なき物はすくなし。又あみのめ、このめ、きぬめ、ぬのめ、ぬひめ、うちめなどいひて、物のいろふしみえわかれ、くらからぬ時は、文とめとのわかれぬ事なきを、心もほれ目もみえぬ時は、あやも目もわかず、しらぬ也。夕ぐれのくらくなりはべるを、物のあやめわかれぬ程になど、ふるき物に、つねにかきたる也。重代、心にくかるべき歌よみ、又作本文する物なども、これをわきまへぬも侍にや。むかしの人、なかごろまでは、つねにかやうにいふ事は、皆あまねくしりたりしを、ちかき世より、かくやすき事をも、人にならはで、あたらしくつくりいだす程に、不分別事も侍也。

『顕注密勘』の「密勘」でもほぼ同じことを述べているが、『僻案抄』の方が詳しい。「重代、心にくかるべき歌よみ」以下の同時代の歌人や詩人に対する批判的文言は『顕注密勘』には無く、ただ「不審説々などにもおよばずや」と記すのみである。

定家のこの言説は興味深い。それはまず古歌を読み、解釈する際の彼の姿勢を窺わせるからである。ここで彼は「あやめ」という言葉を考える際に、日常的、具体的な事物の「文」と「目」から考えていく。具象的なものの意味から恋という心理的な働きの感情表現を解釈しようとしているのである。しばしば観念的、高踏的と評される歌の作者の思考方式は、必ずしも観念的、高踏的ではないのである。

次に、「重代……」以下の批判的文言には、おそらくこの語句を「難義」扱いにしていたのであろう特定の人々に対するいらだちのごとき感情が窺われる。その点も面白い。「あやめもしらぬ」を難義のごとく見なす傾向は、『俊頼髄脳』『奥義抄』『顕注密勘』の「顕注」『和歌色葉』などにも認められる。たとえば『奥義抄』では、

あやめもしらぬとは黒白もしらずなど云ふやうなることなり。さしてそのことゝはいひがたきこと也。かやうの詞は書籍にも確にしかぐと見えたる事もなし。たゞ大意をもちて、推量りいふこと也とぞ故人も申しける。

と述べ、『顕注密勘』の「顕注」はこれをほぼそのまま継承している。そこには定家が難ずるように

「人にならはで、あたらしくつくりいだ」した解釈はないけれども、判断中止の臆病さは認められる。また、『俊頼髄脳』には、

菖蒲をあやめと云ふ事はかの菖蒲の名にはあらず。あやめといふはくちはなのひとつの名なり。

というような記述もあって、そのあたりから「あたらしくつくりいだ」した説が横行した可能性もありそうである。定家は判断中止の臆病さにも、荒唐無稽の大胆さにも、共にいらだちを感じているのではないだろうか。

「特集・古典文学のキーワード」に関連して、なぜ定家のこのような姿勢を考えるかというと、もしも歌論家としての定家が現代に生きていたならば、彼は果してどのような評論を書いただろうかと、ふと空想したくなるからである。

「余情妖艶の躰」を論じ、「有心躰」を説く定家には、高踏的な観念論者というイメージがつきまとっているのではないかという気がする。しかしながら、『明月記』を通して知られるその思考方式はむしろ現実的である。かくしてわれわれは芸術家定家と生活者定家とのギャップをどのように埋めたらよいのか、常に戸惑うのである。

けれども、今見たような『僻案抄』における発言などを考えると、定家自身においては、余情妖艶や有心という概念は決して曖昧なものではなく、やはり明確な輪郭を有する意味内容に裏打ちされたものだったのではないであろうか。

俊成はどうか。俊成は「幽玄」という語について明確な定義づけは一切していない。しかも現在知られる限りでは、生涯を通じて十三回この評語を用いている。かつて自分なりに俊成における幽玄の

意義を検討してみた結果、俊成の生涯を通じて彼の唱える幽玄の意味は微妙に変化しているのではないか、そしてそれは俊成自身における古典的な美の世界の再発見、再認識と関っているのではないかということを論じたことがある。（「幽玄とその周辺」、『講座日本思想』５　美　昭59・3、東京大学出版会。のち、『中世和歌史の研究』─平成5年6月刊、明治書院─所収）。定家に比すれば俊成の方がむしろ観念的、直感的批評家とは言えないだろうか。

では鴨長明はどうか。『無名抄』にいう、

問云、ことのおもむきはおろ〳〵心え侍りにたり。その幽玄とかいふらむ躰にいたりてこそ、いかなるべしとも心えがたく侍れ。そのやうをうけ給はらんといふ。

答云、すべて哥口伝髄脳などにも、かたきことをば手をとりてをしふばかりに尺したれど、すがたにいたりてたしかにみえたる事なし。いはんや幽玄の躰、まづ名をきくよりまどひぬべし。

ここには「幽玄の躰」という概念を説明することのいかに困難であるかが率直に告白されている。彼にとっては幽玄は決して明確な概念ではなかった。

もしも定家が現代に生きていたならば、彼はやはり明確、明晰な言葉によって評論を書いたのではないであろうか。俊成や長明となるとわからない。俊成は新感覚の評論用語を平気で使うかもしれない。それに対して、長明は幽玄の場合同様、慎重にというか臆病に自分なりの概念規定を試みつつも、それらを使わずにはいられないタイプの評論家であろうか。

このような空想はそれ自体愚かしい。ただ自分自身が希う姿勢としては、右のように空想した場合での定家でありたいと思う。もとより評論を書く意志はない。書くとしたら、それこそ俊成・定家や長明の芸術論や作品についての解釈や鑑賞にとどまるのであろうが、その際曖昧な言葉は努めて使うまいと思う。俊成的直感も、豹変といおうか、成長といおうか、要するに年とともに変化しうるその柔軟な精神構造も、共にみごとで必要であるとは思うものの、私自身としては観念の遊戯に堕する危険は免れない。

それはいかにも野暮というものである。けれども、定家の芸術を支えたものも、後鳥羽院に言わせれば「いさゝかも事により折によるといふ事な」い（後鳥羽院御口伝）、野暮なまでの自他に対する厳しさであったのである。

『古今集』の読みを通じて窺われる定家の思考方式が日常的生活感覚から出発していることの意外性とともに、『六百番歌合』の判詞から知られる俊成の作品鑑賞の態度も面白いと感じる点が少なくない。

たとえば、春上十六番右、「春氷」を詠じた寂蓮の、

うぐひすのなみだのつらゝこゑながらたよりにさそへ春の山みづ

という歌は、相手方によって、

「泪のつらゝ」、こゑながら水の誘はん事、あまりにわりなくや。

と難ぜられる。それを受けて、俊成は次のように評する。

右は、泪の氷、鶯の声を唱て浮㆓山水㆒流行之条、あまりなるにや。……風情過たるべし。

寂蓮の詠は『古今集』春上の二条の后、

雪の内に春はきにけりうぐひすのこほれる涙今やとく覧

の歌を本歌として、「春の訪れとともに解ける筈の鶯の涙の氷を、その声と一緒に誘い出してくれよ、春の山川の水よ」という意である。俊成はそこから、鶯の涙の氷が溶けた水塊が鶯の声を唱えながら山川を流れて行くという不思議な光景を想像して、それを「風情過たるべし」と評するのである。

俊成にそのような奇怪ともいうべき空想を可能にさせたのは、比叡山王の垂迹として語られる次のような説話の存在だったのではないだろうか。

地主権現ト申ハ、拘留尊仏ノ時、天竺ノ南海ニ、「一切衆生、悉有仏性」ト唱ル波立テ、東北方へ引ケルニ、彼波ニ乗テ留ラン所ニ落付ント思食ケルニ、遥ニ百千万里ノ波路ヲ凌テ、小比叡ノ杉下ニ留ラセ給ケリ。（源平盛衰記巻第四、山王垂跡事）

やや大袈裟に言えば、中世的な幻想が一首の歌についても現代のわれわれにはちょっと思い付きそうもない読みを可能にしていると言えそうである。

やはり春上の九番左、「余寒」を詠じた顕昭の、

しがらきのとやまは雪もきへにしを冬をのこすやたにの夕かぜ

という歌についての、

「しがらきの」などいへるより、上句はたけありて聞へ侍るを、

という判詞も、中世的風景観への考察を促すであろう。信楽という土地に関して中世人が抱いたであろう印象を抜きにしては、ここでの「たけありて」という評語は解しえない。われわれが同じような印象を抱くことは容易ではなさそうである。けれども、容易でないと言っても何もしないよりは、信楽がそれまでどう歌われてきたかを辿ったり、またたとえ現代二十世紀の信楽であっても同地を訪れ

たりすることは、まんざら徒労でもあるまい。

また、恋一の十八番左、「聞恋」を詠んだ定家の、

もろこしの見ずしらぬよの人ばかりなにのみき、てやみねとやおもふ

の歌については、

「もろこしの見ずしらぬよ」といへる、三史・八代などの賢者・武士等のことをいへるにや。事ありげにて、させることなきにや侍らん。

と評している。

おそらく、定家のイメージする「もろこしの見ずしらぬよの人」というのは、楊貴妃や李夫人などであって、「賢者・武士等」ではないであろう。けれども、多分俊成はこれが我が子の作であることは十分承知しているのであろうから、わざわざ「三史・八代などの……」と言っているのは、この頃の息子の読書傾向をそれとなく明かしているのではないだろうか。この歌合での判詞にはこれに類する楽屋おちも少なからずちりばめられていそうである。

先に定家の思考方式の現実的なことをいささか強調しすぎたかもしれない。「三史・八代」や『古今集』『源氏物語』など、定家が和漢の古典から学ぶことによって、現実世界との触れあいの乏しさを補ったことは事実であると思う。その点では定家はやはり頭でっかちな高踏的観念論者と見られなくはないかもしれない。ただ、定家の場合は観念が先行してはいなかったと思うのである。現実を照らし見る鏡として古典があったのであると考えるのである。しかも、そのような現実の物指しとしての古典に親しむうちに、現実を超えた美の世界に到達したと見るのである。

京童・町衆

「京童部」「京童」（きやうわらはべ・きやうわらべ・きやうわらんべ）は辞書類によって、たとえば「京都の市中の（無頼の）若者ども。大層うるさいものとされた」（『岩波古語辞典』）のごとく解説されている。時には、用例に即して「京都の人たち。『わらんべ』と言っても別に少年の意はなく、連中くらいの意」（日本古典文学大系『江戸笑話集』所収『昨日は今日の物語』四七頁）と注されることもある。

一方、「町衆」という言葉は、「①中世、自治組織である町《ちやう》を構成する商工業者。②近世、都市の町役人である名主・月行事・五人組・家主の総称。③町内の人人」（『岩波古語辞典』「ちゃうしゅ」の項）などと解説される。すると、この言葉は「町人」とも重なるし、平安時代から中世までは町らしい町といえば京の町であったのだから、やや広い意味に用いられる場合の「京童」とも重なるものがあるであろう。

「京衆」という言葉もあった。『邦訳日葡辞書』に「Qiŏxu. キャウシュ（京衆）Miyacono xŭ.（京の衆）都（*Miyaco*）の人々」と見えている。これまた、町衆・町人や広義の京童に近い言葉であろう。そして、近代の市民または庶民という概念とも重なってくると思われる。

京に限らず、どの時代、どの地域であれ、およそ都市が営まれる以上、そこに市民層が形成されるのは当然である。文学研究の場において問題なのは、その市民層がどのような形で文学作品の世界に登場しているかを確認し、彼等が文学作品の受容や形成にどのように関わったかについて洞察することであろう。

そのような試みとして、林屋辰三郎『町衆　京都における「市民」形成史』（中公新書、昭39）は貴重な一冊である。まだ「都市空間」という言葉がそれこそ市民権を得ていなかった一九六〇年代前半において、この本は平安初期から近世に至る京都という都市空間を馳せまわる市民層の形成史を、京戸→京童→町衆→町人という四段階にわたって説いたのであった。そして、京童の文学作品への登場の確認という点では、『宇津保物語』「藤原の君」の巻での、貴宮を強奪しようと企てる懸想人上野の宮に、六百人を動員し、「双六の主達《ぬし》（博打）」と連合して協力しようという無頼の徒としての京童、検非違使忠明を清水寺の橋殿で取り囲んで殺そうとした京童（『今昔物語集』巻十九第四十、『古本説話集』第四十九話、『宇治拾遺物語』第九十五話）、藤原明衡の『新猿楽記』に見える「京童之虚左礼」という叙述から、「二条河原落書」にいう「京童ノ口ズサミ」、『太平記』の落首の行為者としての京童に及び、『梁塵秘抄』などの今様の享受者や狂言における太郎冠者の立場は京童に近いことを指摘して、「南北朝時代の文化の一人の担い手として、京童を考えることができると思う」と述べている。

そして、「民衆としてなお孤立し分散的であった」京童が連帯した時、町衆が形成され、彼等によって幸若舞が舞われ始め、祇園会が演出され、『閑吟集』に収められた小歌が歌われたと説く。このような指摘と展望は、以後の文学史の叙述に寄与することが大きかった。現在においては、岡見正雄のいう「室町ごころ」（『室町ごころ』角川書店、昭53）とともに、町衆という概念を抜きにしては、室町文学を考えることはできないであろう。

それゆえに、このような文化史的アプローチが有効であることは疑いないのだが、それとともに、京童的な視点が平安・中世の文学に何をもたらしているかを具体的に探る作業は、文学研究の側でさらに深められてもよいのではないであろうか。若干例を挙げるならば、金刀比羅本『平治物語』巻中、待賢門の軍の条では、鎌田兵衛の下人八町二郎と参河守平頼盛の追いつ追われつの死闘の観戦者として京童部が登場する。

「京童部是をみて、『あッぱれ太刀や。三河守もよつきり給けり。八町二郎もよつぴきたり』とぞ咲《わらひ》ける」。陽明文庫本ではこの「京童部」を「見物の上下」と呼んでいる。さらにこのあと、関東武士達が敵の首を「在地の者共の軍の見物しける」（金刀比羅本）に見張りするよう命じたという。この「在地の者共」も先の「京童部」とほとんど重なるであろう。

保元・平治の内乱、そして源平の動乱での法住寺合戦などは、京都市街を戦場としたから、市民の観戦者がいて不思議はない。そして軍記物語が点景としてそれら庶民の観戦者を描き込んでいるのも当然である。しかし、先の叙述などには単なる点景としてにとどまらず、彼等の視点・観点が早くも物語世界の中に入り込んでいると見られないであろうか。

さらに言えば『徒然草』第五十段に語る、伊勢国から連れて来られた「女の鬼になりたる」を見ようとして、京の「上下」が大騒ぎし、喧嘩沙汰まで起こったという話にしても、京童という言葉も在地の者という語も見当らないのだが、その群衆の実態は京童と重なるであろう。そしてその中に兼好自身も包み込まれているのである。また、藤原定家は『明月記』の随所に巷説を記録している。その中にはこれこそ京童の内ゲバともいうべき石合戦の風説などもある。定家自身は物見高い兼好のように街中を出歩くことは少なかったかもしれない。けれどもやはりこのような風説を記すこと自体、典型的な貴族文学者定家その人にも京童的視点が存在するということをも意味するのではないだろうか。歌僧正徹には「見る物きく物、いづれもしるしてお」いた「洛陽之記といふ物」があったという（『兼載雑談』）。これなどもまさしく京童的視点の上に立つ作品だったであろう。そのようなことを考えると、貴族文学、庶民文学という割り切り方そのものももっと慎重であってよいのではないかという反省に迫られるのである。

閑人閑語――古典文学における性・変装などのこと

A　この頃何を読んでいる?

B　今読んでいるのは『白縫譚』。

A　幕末から明治にかかる長篇合巻か。板本でかい。

B　残念ながら、手元にあるのは端本でね。それに小さな仮名書きは、さすがに目を疲らせるばかりだから、続帝国文庫版にたよっているよ。

A　版元博文館か。巻頭に「本館編輯局員の筆によりて全文を書改められぬ、之を従来の仮名文に比すれば更に一段の興味を添え」なんて謳っているやつだね。でも校訂なんかはかなりいい加減なんじゃないか。

B　そう、相当いい加減だよ。たとえば、第二十七編の初めで、若菜姫が、「主人のお牛綾機も、さな驚きぞ騒ぎぞ」と言いながら登場する。戯作者柳下亭種員はこの編の序文でも、「手爾遠波語格仮字《かな》用例《づかひ》……耳熟《なれ》ぬ詞遣」などに対する自信の無いことを白状しているんだが、禁止の「な……そ」を「な……ぞ」としているのも、戯作者の無学のたぐいかなと思っていたんだ。でも、試しに合巻本ではどうかと思って、見ると、ちゃんと「あるじのお牛あやはたもさなおどろきそさわぎそとてにこりトゑみつゝよりくるを」とある。

A　じゃあ、手爾遠波語格を知らなかったのは、博文館の編輯局員だったってことじゃないか。

B　そうだね。だけど、帝国文庫の明治期読書界への影響力というのは、今の我々が想像しているよりもずっと大きかったのじゃないだろうか。近代文学の研究者がその辺のことを調べてくれるといいと思っているんだ。

A　調べている人もいるんじゃないか。君が『白縫譚』を読んでるのも、どうせ泉鏡花との関係だろう？

B　お察しの通りだ。今の第二十七編というのは、鏡花の大好きな場面らしいのだ。

A　『白縫譚』の女主人公、大友宗麟の忘れ形見若菜姫というのは、確かに鏡花好みの女だろうな。美しくて張と意気地があって……。

B　男装することもある。両性具有的だよね。そうかと思うと、彼女とからむ鳥山秋作というのが女装したりする。

A　男と女が入れ換わるという点では、『とりかへばや物語』みたいだな。

B　しかし、女装した美少年よりは、やっぱり男装の麗人の方がいいなあ。『南総里見八犬伝』の犬坂毛野にしても、どうも好きになれない。『好色五人女』で、若衆に変装して俄か道心の源五兵衛を誘惑するおまんの方がずっと魅力的だよ。

A　それは君が男だからだ。女性の読者はその逆かもしれない。

B　さあ、どんなものかね。ただ、両性具有とか、変装、やつしなんて観点から、古今の文学作品を見直してみるというのは、案外面白いかもしれないね。

A　変装、やつしという趣向が、物語の展開でしばしば重要な意味を持たされていることは事実だろう。たとえば、小碓命（倭建）は熊曽建を殺す時には童女に変装しているし、平治の乱で二条天皇が内裏を脱出する際には女房の姿になっている。

B　能の「松風」も、物着で松風が行平の形見の長絹を着て烏帽子をかぶるのは、一種の変装とも見られるね。あの変装を経ないと、狂乱の舞にはならない。

A　「井筒」の後シテは初めから業平の形見を身に付けているね。

B　「井筒」の女もある意味で両性具有的だと思うよ。能本でも言っている――「地さながら見みえし、昔男の、冠直衣は、女とも見えず、男なりけり、業平の面影シテみれば懐かしや、地われながら懐かしや」

A　そして井戸をのぞき込んで、水に映るわが影を見るなんて、ナルシシズムだね。

B　そう、ナルシシズム。これも作品や作家を読む際の一つの尺度にはなるだろう。

A　それから、同性愛。『季刊文学』が男色特集をやって一寸新聞の文化欄の話題にもなったが、あれはまじめなものだったと思うよ。

B　しかし、考えてみれば、男色という言葉はおかしいかもしれないね。やはり男中心の言い方だ。近世だと男色と対になる言葉は女色で、レスビアンに相当する言葉は一寸思い付かない。日本の古い文学作品には余りレスビアンが出て来ないからかなあ。

A　でもね、紫式部なんか、少なくとも精神的には同性愛の傾向があったんじゃないかと思うよ。女友達に対して彼女が送った歌とか、『紫式部日記』なんか読んでいると、そんな気がする。

B　で、好きな同性をモデルに、『源氏物語』の女君たちを書き分けたというわけか。

A　そうそう。ともかく、性の問題は古典文学を読む際には避けては通れないね。

B　でも、君がふだん付き合っている長袖流の世界では、性の観点なんて入る余地はないじゃないか。

A　そんなことはないよ。坊さんが稚児に送った恋の歌も、勅撰集に堂々と載っています。

B　悪左大臣頼長あたりがにやにやしながら読んだのかね。

A　茶化しちゃいけない。歌合で天皇や摂関が「女房」として作品を出すことも、性ややつしの問題とからんでくると思うよ。それから、定家あたりから言い出して、為兼が展開する、対象になりかえって詠むという理論、あれにしても両性具有的な心を自身に課していると思うんだ。

B　そこまで言うのならば、演劇芸能に至るまで、文学芸術はすべて両性具有の心を要求するのじゃないか。

A　そう思うよ。我々がそれらを見たり読んだりして面白いということは、性の境界はあるいは意外に曖昧なのかもしれない。

B　境界ね。そういえば、「境界」というのも、今度の『國文學』の古典のキーワード特集にあったっけ。ところで、君は何を書いた？

都市

支配者（王）が城壁をめぐらして、その内側に多くの被支配者（民）を集めて居住し、彼等の消費生活を支えるために市が開設され、商人が集まって交易が行われる空間。

＊

「都市」という漢語に即して、古代の中国及び中国文化圏（もとより日本はその中に含まれる）におけるその概念を探ると、およそ右のようなことになるであろうか。つまり、都市は「都」＝王城そのものにほとんど近いが、その中の「市」という要素をかなり重視した言葉であると考える。そのような都市においては、中央に王宮が営まれ、その周囲は王宮を守る者達（士）が住み、その外側に民が住み、市は民の生活環境の中に設けられるのが普通だったであろう。すなわち、都市は聖（あるいは貴）なる領域と俗（あるいは賤）なる領域とをその内に併せ持つ、一定の生活空間である。当然、それは王権と不可分の関係にある空間でもある。

西欧の中世都市について考えると、右に述べたことは必ずしも当てはまらないであろう。西欧の都市の多くは城壁をめぐらして、周辺の農村から隔絶されているが、その中心は市庁舎と広場である。

そして、市はその広場に近接して設けられることが多いように思う。教会も市庁舎や広場からさほど隔たっていないのが普通であろう。市庁舎の主は一人の王ではなくて、市民層から選び出された、彼等の利益代表達である。もとより王宮の存在する都市も少なくないが、王宮は必ずしも都市の中心的な役割を果たしてはいない。その点に注目すれば、西欧都市は王権の強い支配下にあったとは言いにくい、都市においては市民層が形成されていたということになる。また、聖なる領域と俗なる領域が画然と分かたれることなく、隣接していたということをも意味するかもしれない。

　だから、日本の古典文学における都市の問題を考えようとするならば、西欧の中世都市をモデルとした都市論は、一応参考にはなるだろうが、すべてをそれで説明しおおせるものではない。まず第一に日本固有の歴史との関わりを重視すべきであろうし、併せて地理的な立地条件について考察すべきであろう。

　たとえば三内丸山など、有史以前の太古の遺跡については、今は考察の範囲外に置く。文献にその名の見出される古代の日本の都市は、帝王の代わるごとに遷されたという。そのことは、『古事記』『日本書紀』などに記すところであるが、治承四年（一一八〇）平清盛が福原遷都を強行した際、改めて都というものの持つ意味が人々に考えられたのであると思う。それゆえに、覚一本『平家物語』巻第五の「都遷」「都帰」などの段や、『続古事談』第二臣節第二四話、通し番号六〇話（神戸説話研究会編『続古事談注解』による）に語られる「梅小路中納言両京ノサダメ」の話、そして『方丈記』の記述などは、日本古典文学で都市の変遷、都市の機能について論じた作品として、改めて注目してよい。同様に、『万葉集』巻第一「過近江荒都時、柿本朝臣人麿作歌」（二九―三一）や、「ならのみかどの御う

た　故郷と成にしならの宮こにも色はかはらず花はさきけり」という『古今和歌集』春下・九〇番の歌も想起されるべきであろう。

「ふるさと」（古里・故郷）、「花の都」といった言葉も、都市論的観点に立って作品を読もうとする際には当然キー・ワードとなるが、その背後にどのような意識が働いているかという問題を検討すべきであろう。能因は「花の都」という言葉にこだわりを抱いていた人間であると見る。彼は出羽国象潟において「わび人はとつくにぞよきさきてちるはなのみやこはいそぎのみして」（能因集）と歌う一方、伊与国に在って「憶二洛陽ノ花ヲ一」いつつ、「もしほやくうみべにゐてぞおもひやるはなのみやこの花のさかりを」（同）と、都恋しさを隠そうともしない。彼の都への思いは屈折している（このことは以前、拙著『西行 長明 兼好』所収「文学に現れた中世的人物像」においても論じた）。しかるに、説話の中の玄賓は大僧都を辞して、「外国《とつくに》ハ山水清シ事多キ君ガ都ハ不レ住《すまぬ》マサレリ」と歌ったという（江談抄・第一仏神事）。「花の都」は「とつくに」（地方・鄙・田舎）と対比され、やはり王権の勢威を抜きにしては考えられない空間である。

それは平城京や平安京に限ったことではない。中世都市としての鎌倉、近世都市としての江戸にも、ほぼ同様のことは言えるであろう。『海道記』の作者は鎌倉に着くや、「ヲヅ〳〵将軍ノ貴居ヲ垣間見」ている。竹斎と睨の介は、「こゝはいづくぞ神田の台、南に当りて眺むれば、天下の武将の御座なさる御城の見事さよ」（竹斎・下）と嗟嘆した。

都市のイメージ分析に際しては、パス（道路・河川などの交通路）、エッジ（岸・崖などの縁）、ディストリクト（区域）、ノード（集中点）、ランドマーク（目印）が要素として注目されるという（中村雄二郎『術語集』)。この方法は日本古典文学を生み育て、その中に描かれた都市を考える際にも有効であろう。たとえば、平安京の賀茂(鴨)川、江戸の隅田川など、都市の河川の持つ意味は極めて重要である。平城京の佐保川や鎌倉の稲瀬川はそれほどのことはなかったかもしれないが、佐保川も歌枕となるし、稲瀬川は江戸時代、官憲の目をごまかすために、しばしば隅田川の身替わりをさせられた。

そして、これらのパスやディストリクトと、そこに住む人間との関わり——そういった社会学的な問題が文学の問題ともなる。先に、市民層の形成された西欧都市と日本の都市との違いに言及したが、京童や町衆は市民層の萌芽であるとは言えよう。都市の文学では、しばしば都城の主たる王よりも、それら群衆や細民が重要な役割を果たす。たとえば、鴨川の四条河原に集う芸能者とその観衆とか、隅田川向島の土手で起きた心中事件とか。中村雄二郎の言葉を借りれば、「都市はすぐれて演劇性をもつ」(前掲書)のである。

アジール

ドイツ語で、原語の綴りは Asyl、『コンサイス独和辞典』（三省堂）には、簡単に「避難所、保護所、収容所（浮浪者などの）」という訳語を掲げる。同書にはさらに、Asylrecht（庇護を受ける権利）という法律用語も立項されている。『広辞苑　第四版』（岩波書店）の解説はやや詳しく、「世俗の世界から遮断された不可侵の聖なる場所、平和領域、またその人と集団。自然の中の森・山・巨樹や奴隷・犯罪者などが庇護される自治都市・教会堂・駆込寺など」というのである。

＊

本来、ヨーロッパの中世社会を論ずる際に用いられた語であろうが、日本史学においても比較的早くから用いられてきた。

日本文学の関係で最も有名なアジールは、鎌倉松ヶ岡の東慶寺であろう。臨済宗円覚寺派に属するこの尼寺は、明治維新以前は縁切寺、駆込寺であった。ちなみに、縁切寺を『大辞典』（平凡社）は次のように解説する。「江戸時代、寺法により駈入の女を援けて夫婦不和合の者の縁を切ることに与かる特権ある尼寺」。その実態は、「離婚をのぞむ女性が、門内に草履でも櫛でも、身につけたものを投げ入れたとたん、追手はその女性に手をかけることもできなくなるという寺法に支えられ」、駆込んで三年間「比丘尼としての勤め、奉公をすれば、縁は切れ、離婚の効果が生じた」（網野善彦『無縁・公界・楽』昭53、平凡社）という。川柳の絶好の素材とされ、「みんなしていびりましたと松が岡」（柳多留・一五篇）、「松が岡三年置《おけ》ば用に立《たち》」（同・一三篇）というのから、「かけ込へはりかたをやる里のうば」（同・二〇篇）というばれ句まである。

松ヶ岡のこのようなアジールとしての機能は、中世後期には既に認められていたのではないか。御伽草子『唐糸さうし』では、源頼朝の命を狙った唐糸が「松が岡殿」（開山の北条時宗妻覚山尼をさすか。日本古典文学大系『御伽草子』に注するように、東慶寺の草創は頼朝の時代から一世紀後なので、時代錯誤も甚だしい）に一旦預けられている。その後その身柄引き渡しを求められた松が岡殿は、「仏は、悪人を助けんため、浄土をたてさせ給ふ、その如くにこの界にても、悪人を助けんがために、出家は仏舎をたつるなり。たとひ、主に向つて弓を引、親に向つて太刀をぬき、牛馬の首を斬りたりとも、さんりんしたる悪人に、子細はあらじと思ふ也」と、これを拒否している。

さらに、中世における尼寺は、東慶寺に限らず、奈良の法華寺にしても、女性にとってのアジールとして機能していたのではないであろうか。『とはずがたり』の後深草院二条は、六条院の女楽事件で、祖父四条隆親の仕打ちに抗議して、醍醐にある勝倶胝院の「真願房の室」にしばらく身を隠していた（巻二）。この場合はこの尼僧の房が二条にとってのアジールであったのであろう。これより先、『うたたね』に語られている、若き日の阿仏（安嘉門院四条）が衝動的に髪を切り、北山の麓なる宮仕え先を出奔して、緊急避難的に身を寄せた西山の麓の尼寺も、同様な意味を持たされていたのであろう。

　このように考えてゆくと、女性にとっての尼寺に限らず、体制から弾き出された男達にとっての寺院も、しばしばアジールの役割を果たしたということになりそうである。新大納言藤原成親は鹿谷の陰謀が露顕して捕らえられた際、平重盛に助命を嘆願した言葉の中で、「頭ヲ剃テ高野粉河ニモ籠テ、一筋ニ後世ノ勤ヲセム」（延慶本平家物語・巻二）とかきくどいている。この場合、高野山や粉河寺は成親にとってアジールと見なされていたことになる。『三人法師』に登場する三人の「半出家の僧」にとっての高野山も同様であろう。

　さらに、天王寺周辺や聖徳太子の磯長陵周辺（太子の御墓）など、遁世者の集まる特定の地域も、アジールとしての性格を備えていたと考えられる。これらの地域は、たとえば『発心集』に見えるいくつかの話、能「弱法師」や説経「しんとく丸」など、説話や芸能を生み育てた土地でもある。すると、アジールは社会からの脱落者にとっての避難所であるとともに、文学や芸能の温床という機能をも担っていることになる。

　ぼろぼろ（梵論）も中世における制外の人であった。彼等は河原などに集まることが多かったらしい。『徒然草』第一一五段には「宿河原といふ所」でのぼろぼろ同士の決闘が語られている。「しら梵字」というぼろぼろが殺された師の恨みを晴らそうと、「いろをし」というぼろぼろを尋ねてきた。いろをしはいさぎよく名乗り出て、「道場」を汚すまいとして、「前の河原」へ出る。そこで二人は「心行くばかり貫きあひて、共に死ににけり」という、凄絶な最期を遂げる。この場合、ぼろぼろ仲間が集まっている「道場」は、やはりアジールなのであろう。その中に隠れている限り、いろをしは命を全うできたはずである。しかしその外に出て戦い、相討ちになったというところに、ある種の感動が湧く話である。

遊里や芝居小屋などのいわゆる悪所も、近世封建社会でのアジールとしての側面を持っていたのであろう。武士・町人という身分の違いも問われることなく、「恋の分里、武士も道具を伏編笠で、張と意気地の吉原」（京鹿子娘道成寺）という具合に、刃傷沙汰が御法度であった遊廓は、一種の治外法権の地域であった。女将が仲裁に入れば、名古屋山三と不破伴左衛門の鞘当ても、武士の論理を引込めてひとまず鞘に収まる所以である。しかしまた、この地域内に囲い込まれていた遊女達は廓の掟に従わねばならなかった。それゆえに、金の切れた時次郎に心中立てした傾城浦里は、亭主に吹雪の中で折檻される憂き目に遭ったのである。アジールの内側が常に人間性を保証する楽園であるとは限らないのである。

宗教のキーワード・歌

すべて宗教儀礼は、歌乃至《ないし》はそれに類する音楽的要素を伴っているといってよいであろう。また、しばしば宗教の聖典は、それ自体詩的表現をとり、歌うように朗唱される。イスラームにおけるクルアーンはその例であろう。

クルアーンの文体の基礎をなしているものはサジュウ体というものであるという。そのサジュウ体とは、「散文と詩の中間のようなもので、長短さまざまの句を一定の詩的律動なしに、次々にたたみかけるように積み重ね、句末の韻だけできりっとしめくくって行く実に珍らしい発想技術」で、「著しく調べの高い語句の大小が打ち寄せる大波小波のようにたたみかけ、それを繰り返し繰り返し同じ響きの脚韻で区切って行くと、言葉の流れには異常な緊張が漲」るのであるという（井筒俊彦訳　岩波文庫『コーラン㊤』解説）。「一句一句の区切れごとに執拗に振り下される脚韻の響きの高い鉄のハンマー。これは到底翻訳できるようなものではない」（同前）ともいわれるが、たとえば次のような文体なのであろう。

　言うがよい、「これ、信仰なきやからよ、
お前らの崇めるものをわしは崇めない。

わしの崇めるものをお前らは崇めない。
お前らが崇めて来たものをわしは崇めとうない。
わしの崇めて来たものをお前らは崇めとうない。
お前らにはお前らの宗教、
わしにはわしの宗教」と。（109 無信仰者）

聖典が歌乃至は詩を取り込んでいる姿は、旧約聖書に見ることができる。すなわち、旧約聖書には「雅歌」「哀歌」などの歌乃至は詩が収められている。「雅歌」は古代オリエントの文明社会の伝統の中で生まれた恋愛歌集、「哀歌」は紀元前六世紀のユダ王国滅亡の際、都エルサレムの民が受けた苦しみをテーマにした五篇の長詩である。試みに、前者の一節を示す。「君のお臍は、丸い杯。／甘い葡萄酒が、尽きないように。／君のお腹は、睡蓮に囲まれた／小麦の山」（7 高貴な娘さん）。この部分はマルタン・デュ・ガールの『チボー家の人々』に引かれている。

バラモン教典である『ウパニシャッド』の「神学的対論」では、ホートリ祭官（神を祭場に勧請し、讃歌を誦して神の威徳をたたえる祭官）と波羅門ヤージニャヴァルキヤとの問答という形式で、祭祀には神を招請する歌詠、神を祭る歌詠、歌を讃嘆する歌詠の三種の歌詠がそれぞれ異なった気息によって詠吟され、それにより地界、空界、天界をかちうるのであると説かれている。

次に、仏教歌謡、及びその文学との関係を概観する。

声明は梵唄ともいい、仏教儀式に際して、節をつけて経文のたぐいを諷頌する、音楽と見なすことのできるものである。広義には、講式・表白・祭文・和讃・教化などを含めていう。

高野辰之編『日本歌謡集成』巻四には、和讃を中心に、教化・講式、さらに順礼歌などが収められ、仏教音楽の詞章を知ろうとする際には至便の書である。高野によれば、最も古い和讃は、行基作と伝えられる「百石《ももさか》讃歎」と「法華讃歎」であるという。「百石讃歎」は「百石《モモサカ》ニ八十石《ヤソサカ》ソヘテ給ヒテシ、乳房ノ報イ今日ゾワガスルヤ、今ゾワガスルヤ、今日セデハ、何《イツ》カハスベキ、年モ経ヌベシ、サ代モ経ヌベシ」（叡山所伝）、「法華讃歎」は「法華経ヲ我ガ得シコトハ、薪《タキギ》コリ菜ツミ、水汲ミ、仕ヘテゾ得シ、仕ヘテゾ得シ」というもので、共に『拾遺和歌集』哀傷に短歌の形で収められている。「極楽六時讃」は源信（恵心僧都）の作。藤原俊成はその詞句を題として、十九首の六時讃歌を詠んでいる（長秋詠藻・下）。たとえば、「暁到テ波ノ声、金ノ岸ニ寄スル程、欲レ曙スル風ノ音、珠ノ簾ヲ過ル際ダいにしへの尾上の鐘に似たるかな岸打つ波の暁の声」のように。

講式は法会の際に仏・菩薩をたたえる式文で、その多くは漢文体を訓読したもの。曲節を付して朗唱された。やはり源信が関わる「二十五三昧式」や「六道講式」、明恵の「四座講式」などが著名であるが、中世には禅寂（藤原長親）が鴨長明に求められて「月講式」を作っている（大曽根章介・久保田淳編『鴨長明全集』所収）。『とはずがたり』によれば、後深草院二条も「人丸講の式」というものを作ったというが、その内容はわからない。

キリスト教で神の栄光を讃える歌が、聖歌、讃美歌である。聖歌の合唱団が聖歌隊。グレゴリオ聖歌はローマ教皇グレゴリオ一世が制定したローマ－カトリック教会の典礼に用いられる聖歌で、男声の斉唱による単旋律の歌である。最もよく知られている聖歌は、聖母マリアを讃美するアベ－マリア（Ave Maria）であろう。讃美歌という言い方は主としてプロテスタント教会で用いられるという。

日本の近代文学者に讃美歌の及ぼした影響は少なくない。島崎藤村はその典型的な例である。夏目漱石『三四郎』の終り近く、三四郎と美禰子が別れる場面にも、讃美歌が出て来る。「全く耶蘇教に縁のない男である」三四郎は、借りた金を返しに、美禰子が行っている会堂《チヤーチ》へ行き、礼拝が終って彼女が出て来るのを外で待つ。「やがて唱歌の声が聞えた。讃美歌といふものだらうと考へた。締切つた高い窓のうちの出来事である。音量から察すると余程の人数らしい。美禰子の声もそのうちにある。三四郎は耳を傾けた。唄は歇《や》んだ」(十二)。近世音曲に耽溺した泉鏡花の初期の作品、『五之巻』にも、主人公上杉新次が幼時英語を教わったアメリカの女性ミリヤアドが、上杉の知人の作詞した拙劣な詞章の讃美歌を清らかな声で歌う場面がある。「曲は讃美歌、九十の譜、歌こそは星月夜の、ナザレに於ける羊かひを七五の調にてうたひしものなれ」。この作品は明治二十九年のもの。当時の讃美歌の一つの姿を反映しているかもしれない。

宗教のキーワード・白

新約聖書の「マルコ福音書」第九章では、受難の予告をしたのち、高い山に登ったイエスの着物が真白に輝いたと説く。すなわち、「イエスはただペテロとヤコブとヨハネだけを連れて、高い山にのぼられた。すると彼らの見ている前でイエスの姿が変った。着物が真白に輝きだし、この世のどんな晒し屋でも、これほど白くは出来ないくらいであった。するとエリヤがモーセと共に彼らにあらわれ、二人はイエスと話していた」とある。白はキリストの聖性を表しているのであろう。カトリックのミサを行う司祭の衣裳も白を基調とするものが多いように思う。

日本の神道においても、神職の人々の衣裳は白である。神に捧げられる幣帛も白い。「祈年の祭《としごい》」の祝詞によれば、「御年の皇神の前」に供えられるものは、「白き馬、白き猪《ゐ》、白き鶏《とり》」、そして「種々《くさぐさ》の色物」である。古代の日本人も白を尊んだということはいえそうである。

仏教では、白は、青・黄・赤・黒とともに、五色の一つとされる。五色は極楽浄土を荘厳する色であるので、浄土信仰では阿弥陀仏の像と念仏者との間に五色の糸が掛け渡されるし、来迎の瑞雲も五色の雲である。また、密教では五色不動の信仰もある。このように、五色という観念においては、白は他の色に優越することはないが、白と黒と対比すると、白（仏教では「びゃく」）は善、清浄を、黒は悪、無智や疑心を意味することが多い。たとえば、白衣観音は清浄菩提心を表す白衣を身にまとい、白蓮華を持っている。『妙法蓮華経』のサンスクリット語原典『サッダルマ＝プンダリーカ』とは、「正しい教えの白蓮」の意であるという（岩波文庫『法華経』）。白毫相は仏の三十二相の一つであり、六牙の白象は普賢菩薩の乗物である。白牛《びゃくご》は最もすぐれたものの象徴とされたともいう。しかし、僧侶の衣は白ではない。前述の五色は基本色で、インドでは法衣に用いることが禁じられていたという。

クルアーンでは、銀の製品が美しい高価なものとされている。アッラーの神の信仰篤い人間が過ごすことのできる楽園での生活の描写として、「一座にまわる白銀の水差しとたけ高の盃、（見れば）これは見事な玻璃《はり》づくり。いや、実はそれがぴったり量ってつくった銀の玻璃の盃」「一同、緑の紗綾《さや》、金襴の衣を身にまとい、白銀の腕環の装い美しく、主お手ずからいと浄らかな飲みものを注いで下さる」（76　人間）。銀を貴ぶことも白を尊重することに通じるだろうか。

鴨長明の歌論書『無名抄』に、とくに技巧もなく、修飾もないけれども、姿がすっきりとして格調の高い歌を、「たとへば、白き色のことなるにほひ（色つやの意）もなけれど、もろもろの色にすぐれたるがごとし」と述べている。無作為・無技巧、自然らしさを尊ぶ日本的感性の表れであろうが、それはどこまで普遍性を持ち、また白に聖性や価値を認める世界の人々の心性と関わり合うのだろうか。

宗教のキーワード・月

月は仏教では「月輪」と呼ばれる。月輪観は、月輪の中に八葉の白蓮華を描き、その上に金色の阿字を書いた掛軸に向かい、結跏趺座し、印を結び、心が月輪のごとしと観ずる観法で、密教のあらゆる観法における基礎的なものという。「心月輪」ということばもある。菩提心の円明なことを月輪にたとえたのである。西行の『聞書集』に「八葉白蓮一肘間の心を　雲おほふ二上山の月影は心に澄むや見るにはあるらむ」と歌われているのが、この月輪観であり、歌題とされた「八葉白蓮一肘間」は『菩提心論』の三摩地心の項に見える偈の一句である。同じく西行の「闇晴れて心の空に澄む月は西の山辺や近くなるらん」（山家心中集）は「観心を」の詞書を有する。これもまた心月輪を詠んだ釈教歌で、『新古今和歌集』の巻軸の歌とされている。この他、「いかでわれ清く曇らぬ身になりて心の月の影を磨かん」（山家集・中）など、「心の月」という句もしばしば用いている。もっとも、この句は西行以前、藤原基俊や藤原顕輔の歌にも見出され、平安末期から歌人たちの間で流行した句であったとも考えられる。鎌倉初期、栂尾高山寺を中興した明恵上人高弁は、「心月の澄むに無明の雲晴れて解脱の門に松風ぞ吹く」（明恵上人歌集）と、和語に和らげることなく歌う。とくに観法と関わりなく、夜空に遍満する月光を「あかあかやあかあかあかやあかあかあかやあかあかあかやあかあかや月」（同前）と礼讃した歌、「雲を出でてわれにともなふ冬の月風や身にしむ雪やつめたき」（同前）と、月を同行の人のように親しんで詠んだ歌など、明恵の信仰生活における月の持つ意味も考えてみる必要があるであろう。

旧約聖書やクルアーンを見ると、月は多くの場合、日（太陽）と共に言及されることが普通で、月だけを取り出して信仰心の象徴として言うことはなさそうである。旧約聖書では、「創世記」の初めに、神による天地創造が語られるが、その第四日に「神は二つの大きな明かりを造り、より大きい方の明かりに昼を司らせ、小さい方の明かりに夜を司らせ、また星を造られた」とある。詩篇でも「彼（王の子）は日とともに生き続け／月のあらん限り代々生き続けるように」（72篇）、「昼もあなたのもの、夜もあなたのもの／月と日を設けられたのはあなたです」（74篇）などと歌い、雅歌でも「曙のように見降《お》ろすあの女《ひと》は誰、／満月のように美しく、／太陽のように輝き、／蜃気楼のように恐ろしい」（比類のない彼女）と美女をたたえている。

クルアーンでも、「皎々たる月にかけて、遠ざかり行く夜の闇にかけて、白み来る暁にかけて……」（74 外衣に身を包んだ男）、「太陽と朝の輝きにかけて、その後に続《つ》ぐ月にかけて」（91 太陽）のごとく、月は太陽や暁と共に言及されることが多い。その中で、「時は近づき、月は裂けた」（54 月）という句は印象的である。

II

詞を操る技（レトリック）――中世の歌論書を読みつつ

『野守鏡』は今なお著者の明らかでない鎌倉後期の歌論書だが、京極為兼を中心とする京極派和歌の批判という点でも、また時宗・念仏宗・禅宗など鎌倉新仏教の論難書という点でも、まことに興味深い作品である。その上巻では六箇条の略頌を掲げ、為兼の「秀歌なり」といわれる、

なけとなる有明がたの月影よ郭公なる夜のけしきかな

荻の葉をよく〳〵みれば今ぞしる只おほきなる薄なりけり

という二首を槍玉に挙げて、彼の歌風を徹底的に論難している。その六箇条の略頌とは、

一、心を種として心を種とせざる事
一、心をすなほにして心をすなほにせざる事
一、詞をはなれて詞をはなれざる事
一、風情を求めて風情を求めざる事
一、姿をならひて姿をならはざる事
一、古風をうつして古風をうつさゞる事

といったものである。たとえば、「心を種として心を種とせず」というのは、「よき心を種として、あ

しき心を種とせず」という教えなのであるが、一見逆説的な命題を提示して論を進めるあたり、この著者はなかなかの論客である。

「詞をはなれて詞をはなれざる事」の条では、和歌と世俗の言葉とは異なるのだということを説く中で、次のような話を紹介している。

藤原保昌歌をうらやみて、

早朝におきてぞみつる梅花を夜陰大風不審〳〵よ

とよみたりける。和泉式部きゝて、「歌詞にはかくこそよめ」とて、

朝まだきおきてぞ見つる梅花よのまの風のうしろめたさに

とやはらげたりける、同じ心とも覚えず面白く聞ゆるをもてもしるべし。

「朝まだき」の歌は『拾遺和歌集』春に元良親王の詠とするもので、それも問題はあるらしいが、少なくとも和泉式部に関係した歌ではないであろう。だからいいかげんな話には違いないが、漢語の生硬さと大和言葉の柔軟さとを対比させた例話として、おもしろい。

菅原道真の、

東行西行雲眇々。二月三月日遅々。

という詩句を後人が北野で詠吟したところ、天神が現れて、

トザマニユキ、カウザマニユキ、クモハルバル、キサラギヤヨヒ、ヒウラゝゝ

と詠めと教えたという説話（江談抄・第四、今昔物語集・巻二四・第二八）などもこれに類するものといってよいであろう。この話は訓読された詩句がおのずと和歌に近いものとなっていることによって、詩

も和歌も所詮は同じだということを言おうとしているのかもしれないが、この場合はむしろ音読を主にした方がしまって良いように思う。漢詩を余りに和らげて読むと、どうも漢詩らしくない。

『野守鏡』に戻ると、為兼の「なけとなる」の詠は、もしも誤って伝えられているのでなければ、確かにおかしな歌である。著者は「郭公なる」の「なる」が意味を成さないことを咎めているのであるが、その難は当たっていると言わざるをえない。あえて臆測すれば、「郭公なる」の句は本来「ほととぎすなる」という仮名書きで「程時すなる」の意に「時鳥」を隠題（物名）ふうに詠み入れたものではないか、などとも考えてみる。早歌の『宴曲集』巻一「郭公」にそれに近い言い方が見出される。

『野守鏡』によれば、この歌を為兼が詠じた年には蓮台野に野辺送りされる人が一万人を越えたという。「しでの山路の鳥とかや申伝へたる」このほととぎすの歌が讖をなしたのであると言わぬばかりである。その真偽のほどもおぼつかないが、いかにも言葉の持つ呪力を信じていた中世らしい話である。ほととぎすが京中に充満して頻りに鳴いた年、二条天皇が退位し、まもなく崩じたという『古事談』や『源平盛衰記』の話なども連想される。

「荻の葉を」の詠も、言ってみればナンセンスな歌である。『野守鏡』の著者は、

十五夜の山端出る月みればたゞ大きなるもちゐ成けり

という「古き狂歌」を引き合いに出して、「このもちゐの姿に、大きなるすゝきはたちまがひて侍れば、おかしからぬ狂歌にてこそ侍るめれ」と皮肉っている。

月を丸餅に見立てることは、明恵上人も言い捨てに近い連歌でやっている。

或人月ヲミテ、シラクモカ、ルヤマノハノ月ト申侍ケルニ

マメノコノナカナルモチヰトミユルカナ　（明恵上人歌集）

これらは座興だが、為兼の「荻の葉を」の歌は一体どういうつもりで詠まれたのであろうか。常套的な「にせもの」（見立て、比喩）に晏如としている二条派やそれに順応している人々に対するショック療法として、あえて鬼面人を驚かすこのような作を試みたのであろうか。しかし、『野守鏡』の作者はこれを、

花を雲にまがへ、紅葉を錦にあやまつやうなるにせものは、いまださだかにみえわかぬ、それかあらぬかと思ふ事にてこそ侍るに、荻の葉をよく〳〵みながら、猶すゝきと思へる事、ゆゝしきひがめにこそみえ侍れ。

と一蹴するのである。また、為兼と対立した二条為世は、

代々の撰集、世々の哥仙、よみ残せる風情あるべからず。されども人のおもてのごとくに、目は二横しまに、鼻は一たゞさま也。昔よりかはる事なけれども、しかも又おなじかほにあらず。されば哥も如レ此。花を白雲にまがへ、木葉を時雨にあやまつ事は、もとよりの只のごとくにかはらね共、さすがをのれ〳〵とある所なれば、作者の得分となる也。　（和歌庭訓）

という消極的姿勢を固執し、対立者を「ばけ〳〵しく成て、かざりたる偽にふけり」（同）と嘲っているのである。

彼等と対立した為兼は、確かに新しい心を求める余りに、詞の用い方に関しては放胆であったと思う。『為兼卿和歌抄』を見ると、俊成や慈円の歌を挙げるにしても、よりによって、

みても又思へば夢ぞあはれなるうき世ばかりの迷ひと思へば　（五社百首）

けふくれぬ夏のこよみを巻返しなを春ぞとも思ひなさばや　（同）

山がつのほださしあはせうづむ火のあるともなくて世をもふる哉　（長秋詠藻・述懐百首）

参る人のまろねの跡を残す霜は神の心に赤の玉がき　（拾玉集・略秘贈答和歌百首）

神よいかにうしや北野の馬ばゆふらちのほかなる人の心は　（同）

などの、「同時ふた、びある」歌や奇抜な着想の歌などを挙げている。そして、「寛平以往の哥」に習えという定家の教えについて論ずる過程で、歌の病に対してのみならず、折句や沓冠などに対しても冷淡な物言いをしている。題詠の技法に関しても、初心者とそうでない者とでは違うのであると言う。為兼は詞よりは心を重んじた人であった。

しかし、その為兼も佐渡に配流されている間には、春日社法楽の『鹿百首』を詠じ、木綿襷の歌、南無阿弥陀仏冠字六首などを試みている。その時、これらの営為は単なる言語遊戯ではなく、帰洛への切なる祈りの行為であったはずである。

ということは、為兼の和歌観も比較的初期の著作らしい『為兼卿和歌抄』のみでは律しえないということを意味するのであろうか。さらに言えば、一見遊戯的に見えるものをも含めて、和歌における技巧はその本質に深く関わっているのだという、いわば当然なことを改めて深く認識せよということなのであろうか。

和歌や歌論の根本課題は、心（思想内容）と詞（言語表現）に帰着するが、それはすべての文芸にとっての根本課題でもあろう。どのような手続きで心を詞に托するか、詞をどこまで自由に使いこなせるか、どこで詞の限界を悟るか――多くの歌人、詩人、そして作家がこの課題と四つに組んできたのである。そう考えると、詞を操作する技としてのレトリックは、飾りではない。文芸の本質に直結する径である。

【書簡体《しよかんたい》】

京も田舎も、住うき事すこしもかはらず、夫婦《めうと》はよりあい過《すぎ》とぞんじ候。今の身にくらべては、むかしの仙台の住所ましと存候。都ながら桜を見ず、涼みにゆかず、秋の嵯峨松茸《まつたけ》も喰《くは》ず、雪のうちの鰒汁《ふぐじる》もしらず、やう〳〵鳥羽に帰る車の音をきゝて、都かとおもふばかりに候。はる〴〵の京にのぼり、女房さつて身体《しんだい》つぶし候。恥かしき事に候。かならず〳〵他人にはきかせぬ事に候。かさねては、書中にても申上まじく候。我等死《しん》だ者分《ものぶん》になされ、御たづね御無用に候。若《もし》命ながらへ申候ば、坊主罷成《まかりなり》、執行《しゆぎやう》にくだり可申《まうすべく》候。以上。

二月廿五日　福嶋屋

九平次

京より

仙台本町一丁目

最上屋市右衛門様

（万の文反古・巻二）

＊

書簡（手紙・消息）の形式を借りた創作的文章。

手紙は本来実用的な文章である。そしてさまざまな動機にもとづいて認められるものである。当然そこには人の世のあらゆる相が反映されている。それらはすべて文学作品の対象となりうるであろう。そのことに着目して作家はしばしば創作的文章の中に書簡の形式を取り込む。登場人物に手紙を書かせ、それを引用するのである。そのような形での書簡体の利用は、早く物語の祖とされる『竹取物語』に見出される。

公《おほやけ》に御文たてまつり給ふ。あわてぬさまなり。「かくあまたの人を賜ひて止めさせ給へど、許さぬ迎へまうで来て、とりゐてまかりぬれば、くちをしく悲しきこと。……」

『堤中納言物語』のうちの「よしなしごと」は、全編女に宛てた師僧の手紙という形をとっている。さまざまな物を貸してほしい、送ってほしいという実用的な書簡の形を装うことで滑稽感を出すことに成功している。『明衡往来』など多くの往来物の存在も、創作的な書簡体の盛行と無関係ではないであろう。

仮名草子『薄雪物語』は全編ほとんど「おとこ」（園部の衛門）と「女」（うすゆき）との恋文の往返から成り立っている。この場合は書簡体を借りて恋愛という主題が一貫しているが、これに対して例に掲げた西鶴の『万の文反古』はさまざまな手紙を拾い集めたという趣向をとっており、いわば往来物を文芸作品化したといった趣を呈する。掲出したのは、巻二の第三話「京にも思ふやう成事なし」の終わりの部分である。この一編は、「態《わざと》飛脚をもつて一書令啓達《けいたつせしめ》候。其元いづれも御堅固ニ御座なされ候や」と書き出されている。このように書簡体では、実際の書簡に出来るだけ似せて書くことによって、現実感をかもし出すように工夫していることが多い。その巧みさを読み取るところがこれらを読む楽しみでもある。

【漸《ぜん》層《そう》】

大柑子を、「これ、喉渇くらん、食べよ」とて、三つ、いと香ばしき陸奥国紙に包みて取らせたりければ、取り伝へて、虻取りける侍、取らせたりければ、「藁一筋が大柑子三つになりぬること」と思ひて、木の枝に結い付けて肩にうち懸けて行く程に、……布三疋《むら》を取らせたれば、喜びて、布を取りて、「藁筋一つが布三疋になりぬること」と思ひて、脇に挟みてまかる程に、その日は暮れにけり。……この男見て、「この馬は、我が馬にならむとて死ぬるにこそあめれ。藁筋一筋が、柑子三つになりたりつ。柑子三つが、布三疋になりたり。この布の、この馬になるべきなめり」と思ひて、……

（古本説話集・下・五八話）

＊

語句を一層また一層と重ねて次第に高めていき、最後に最も高いところまで持ってゆく叙述のしかた。

芳賀矢一・杉谷代水合編『作文講話及文範』（明治45、冨山房）では、「語句の意味を段々と強く、大きく、或は高く、一級々々梯子段を登つて行くやうに読者の感を絶頂に登り切らせる修辞法である」と説明し、英語のclimaxに当たるとしている。例としては、韓愈の「伯夷頌」や『孟子』『中庸』などの文章を挙げているが、「一章全体が漸層法によつて仕組んであるものもあり、時としては長篇の著作全体が漸層になつてゐるのもある。小説や戯曲などでは事件の発展上自然と漸層をなし、遂に大破裂又は和解に至るやうになつたのが古今共に多い」という。

例示したのは『古本説話集』で「長谷寺参詣男以レ虻替二大柑子一事」という説話。『宇治拾遺物語』その他にも同話が見出される、いわゆる「藁しべ長者の物語」である。話全体が漸層の技巧を用いている例といってよいであろう。

『作文講話及文範』では「反漸層法」というのもあるが、多くは用いられていないという。これは次第にトーンを落としてゆく叙述法である。また、『大辞典』（昭和11、平凡社）では「頓降法」という見出しを立て、「層層上り来る調子の、急に低落する詞態。漸層法と降移法を合せたる如きもの」と解説し、英語のbathosに当たるとしている。ここにいう「降移法」と「反漸層法」とは同じものをさすのであろう。

ラヴェルの「ボレロ」は、かすかな楽音に始まって、しまいには全堂を圧するほどの音量に達する曲である。あれは音楽における漸層であろう。歌舞伎十八番の『勧進帳』での山伏問答は、科白廻しの上での漸層であろう。デューク・エイセスの歌う「Dry Bones」

（アメリカのフォーク・ソングであるという）はいわば頓降法の歌といってよいかもしれない。

【諷《そえ》言《こと》】

又、なまみやづかへ人にもあれ、さるべきされたる女などの、そへことゝなづけて、きゝ、しらぬ哥の一両句などをいひかくることあり。もし心えたれば、いかにもいひつべし。しらぬことならば、たゞ、「よもさしもおぼされじ」などうちいひてあるべし。これはいづくにもたがはぬ事なり。ふかくおもふぞといふ心にも、また、うしつらしといふ心にも、おのづから通用しつべし。心づきなきよしにいひたらんにこそ、心をやりたるやうなるべけれ、それもされたるたはぶれにいひなせるさまにもなりぬべき也。

（無名抄・女ノ哥ヨミカケタル故実）

＊

会話などで、物によそえた、遠回しな言い方。多くの場合、直接的に言わないで、和歌の一、二句などを引歌のように言うことで、真意を相手に悟らせる物の言い方。「そへこと」の「そへ」は六義の「そへうた」（風）の「そへ」と同義。

歌学書では掲出した『無名抄』より以前、『袋草紙』上、連歌骨法の条に、「女房ノソヘ事云フニハ、不レ知事ナラバ、『サシモサブラハジ』ト可レ答。イカニモ無二相違一答云々」と見える。藤岡忠美・芦田耕一・西村加代子・中村康夫著『袋草紙考証歌学篇』（昭和58、和泉書院）のこの部分の注釈で、「ソヘ事」を「軽妙な冗談言。その場のものにかこつけて言う機知のある歌や言葉」としたのち、『宇津保物語』や『枕草子』などでの用例をも引用しながら詳しく解説している。『袋草紙』ではさらに右の文ののちに、「ソヘ事」の実例を示している。源俊頼の息俊重がある「宮原」（宮家）で女房と話している時、藤の花を持っていた。すると、女が「ソレガウラバノ」と言ったが、俊重は何のことやらわからないので、ただ黙っていた。後日そのことを父の俊頼に語ると、〝「春日《はるひ》さす藤のうら葉のうらとけて君し思はば我もたのまむ」という『後撰集』の歌を知らないのか〟と言った。〝知っております〟と答えると、〝藤を持っているのを見て「ソレガウラバノ」というのは、その歌の心ではないか。そんなことは教わる事柄ではない〟と叱ったというのである。

従って、「諷言」はいわば会話にアクセントをつけ、おもしろくし、時にはあからさまに言うとばつの悪いような内容を朧化して伝える修辞ということになる。その際に古歌の一、二句などがしばしば用いられたのである。現在だったら、コマーシャルや流行歌の一節などがその役を果たすのであろうか。

【頓呼法《とんこほう》】

○故郷春深し行〻て又行〻
　楊柳長堤道漸くくだれり
○矯首はじめて見る故園の家黄昏
　戸に倚る白髪の人弟を抱き我を
　待春又春
○君不見古人太祇が句
　藪入の寝るやひとりの親の側《そば》
（春風馬堤曲）

＊

平叙してきた文勢を突如変え、呼び掛けの句などを入れる叙述のしかた。

芳賀矢一・杉谷代水合編『作文講話及文範』（明治45、冨山房）で、「平叙して行く文勢が頓《にはか》に変じて、現前《めのまへ》に無いものを呼びかける文法である」と解説し、英語のapostropheに当たるという。例としては『平家物語』巻一一・内侍所都入に見える帥の佐（平時忠の妻）の、「ながむればぬる、たもとにやどりけり月よ雲井のものがたりせよ」という歌を引いて、「上の句は平叙であるが、下の句に至つて頓《には》かに月よと呼びかけて激した感情を語るのが頓呼法である」という。さらに、項羽の垓下歌や浄瑠璃『生写《しょううつし》朝顔話』の中の「露のひぬ間の朝貌を」という小歌を熊沢蕃山として引いている。『大辞典』（昭和11、平凡社）での「頓呼法」の説明もほぼ同じ、例はやはり「ながむれば」の歌である。これらの説明を適用すれば、掲出した和詩での「君不見……」という句の置き方は頓呼法と見なしうるのではないか。

諸橋轍次『大漢和辞典』には「頓呼」という語は見出せない。が、「頓挫」の語について、「勢力がにはかにくじける。又、文勢が急にかはつて、強い筆鋒を急に柔げる叙述についていふ」とある。『広辞苑』には「頓挫法」という。そのような叙述ならば、『徒然草』一三四段での、次のような文章の展開も、「反覆」に「頓挫」を加えた例と見てよいであろう。

かたち見にくけれ共しらず、心のをろかなるをもしらず、芸のつたなきをもしらず、身の数ならぬをもしらず、年の老たるをもしらず、〔病のおかすをもしらず、〕死の近き事をもしらず、行道のいたらざるをもしらず、身のうへの非をもしらず、まして外のそしりをもしらず。

但、かたちは鏡にみゆる、年はかぞへてしる。我身のことしらぬにはあらねど、すべきかたのなければ、しらぬに、たりとぞいはまし。（常縁本）

【見立《みた》て】

可レ宜句躰之品々

一見たて

川岸の洞は蛍の瓦燈かな

波たてば輪違《わちがひ》なれや水の月

ふりまじる雪に霰やさねき綿

水かねかあられたばしる氷面《ひも》鏡

おなじやうなる岩ほ岩がね

苔むしろ色やさながら青畳

六月よりも思ふ正月

ぶり〳〵のなりにむきたる真桑瓜

寒き事正直なれや冬の空

軒のつらゝは更にさげ針

（毛吹草・巻第一）

＊

ある物を他の物になぞらえて表現すること。本来は連歌俳諧で用いた言葉である。たとえば、例示した「波たてば輪違なれや水の月」という句は、月が映っている水面に波が立ったことで月の影がずれて二重に見えるという趣向を、紋様の輪違になぞらえて表現しているのである。また、「おなじやうなる岩ほ岩がね／苔むしろ色やさながら青畳」以下の三組は見立付の例で、それぞれ前句の「岩ほ岩がね」を「青畳」になぞらえ、また「正月」の語から「真桑瓜」を「ぶりぶり」(正月の玩具)に、「冬の空」の語から「軒のつらゝ」を「さげ針」に見立てているのである。従って、見立てとは比喩の一種、隠喩や明喩のごときものと解することが可能である。この見立ては貞門や談林の俳諧で頻用された。

古典歌論では「見立て」という用語は用いなかったか。「似せ物」という語がこれに相当すると考えられる。それを具体的に説いているのは『俊頼髄脳』である。

又、歌はにせ物といふ事あり。桜を白雲によせ、散る花をば雪にたぐへ、梅の花をば妹が衣によそへ、卯の花をば籬島の波かと疑ひ、紅葉をば錦にくらぶ。草むらの露をばつらとゝのはぬ玉かとおぼめき、風にこぼるゝをば袖の涙になし、みぎはの氷をば鏡の面にたとへ、恋をばひとりのこに思ひよそへ、鷹の木居《こゐ》にかけ、祝ひの心をば松と竹との末のよにくらべ、鶴亀のよはひと争ひなどするは、世の中のふるごとなれば、今めかしきさまによみなすべきやうもなけれど、いかゞはすべきと思ひながら言ひ出すにや。

日本古典文学全集『歌論集』でこの「にせ物」を注して「現在言われる『見立て』である」というごとくである。なお、右の文中、「恋をばひとりのこに思ひよそへ」の「ひとりのこ」は「火取りの籠《こ》」であろう。これらの例を見ると、見立ては比喩であるには違いないが、縁語や掛詞とも深く関わってくる技法であると知られる。小沢正夫『古今集の世界増補版』（昭和51、塙書房）でも「古今調の成立過程」の章で「見立てと縁語・懸け詞」という節を設け、「見立ては題材に対する作者の表現態度の問題であり、縁語・懸け詞は作品に用いることばの操作に関する問題であるから、両者は同じ次元で論じられることがらでないとも考えられるが、どちらも『古今集』の表現技術の一番特長的なものであることはいうまでもない」と述べて、

竜田川錦おりかく神無月しぐれの雨をたてぬきにして

（古今集・冬・三一四・読人しらず）

などの例を挙げて、見立ての手法の消長を考察している。これ以前、日本古典文学大系『古今和歌集』（昭和33、岩波書店）の解説（この部分は西下経一の執筆）で、「古今集における『もの』の見方は、その『もの』をその『もの』として見ないで、その『もの』が他の『もの』に見えるという見方を好んでとるのである。例えば、白い雪を見ては待ち望む花かと思い、山の峡を埋めている花を雲かと思い、春雨のしずくを悲しみの涙かと疑い、なびく薄を袖かとあやまり、紅葉をみると錦と見え、懸瀑を見ては白布を思う、という風にまちがえたり、誤ったりする。これは修辞法の上でいえば『見たて』の技法であるが、古今集は知的な立場から『見たて』の技巧を使うと共に、情意的な立場から、その『もの』を、これに似た他の『もの』と思い込んでいるという趣が見え」と、「見立て」についてかなり具体的

に説明する。新日本古典文学大系『古今和歌集』（平成1、岩波書店）の解説にももとより「見立て」の語は見出されるが、説明は簡単である。最近では、片桐洋一「『見立て』とその時代—古今集表現史の一章として」（和歌文学会編『論集和歌とレトリック』昭和61、笠間書院）は同書を承けつつ、この問題を詳細に論じている。

歌舞伎の演出に際しても見立てということがいわれる。日本古典文学大系『歌舞伎十八番集』付載の「用語一覧」には、次のような解説がなされている。

見立《みたて》　歌舞伎様式美の主要形成要素の一。そのままの直接表現ではなくて、類似のほかのものに転化させて表現するのをいう。特に古典の定まったものを当世風に連想させて、その奇抜さ、洒脱さを賞する美意識。

「見立の文字」という小話が、元禄十六年（一七〇三）刊の『軽口御前男』巻之一に見える。「乃」の字を煙管で煙草を吸い付ける人に見立てた話である。近世末期には見立絵というものも流行した。たとえば、猫好きの浮世絵師歌川国芳が描いた、すべて猫の顔をした忠臣蔵の登場人物などがその例である。

【めりはり】

指声　まことや法輪はほどちかければ、つきのひかりにさそはれてまゐりたまへる事もやと下ケそなたへむいてぞあゆませける三重甲亀山のあたりちかくまつのひとむらあるかたに上かすかにことぞきこえける甲みねのあらしかまつかぜか上たづぬるひとのことの音か甲おぼつかなくはおもへども上こまをはやめてゆくほどに下リかたをり戸したるうちにことをぞひきすまされたる。ひかえてこれを聞ければ、すこしもまがふべうもなく小督の殿のつまおとなり。楽はなんぞと聞ければ、夫をおもうてこふとよむ想夫恋といふ楽なりけり。

（平曲正節・小督）

＊

抑揚。本来、笛・尺八などの管楽器で、音の高低をいう「めりかり」と同じく、日本音楽での言葉。「めり」は「減る」という動詞の連用形が名詞となったもの、「かり」は「上《か》る」という動詞の連用形の名詞となったものである。「上る」ことは音声を「張る」ことにもなる。音楽では「上る」部分、「張る」部分を甲《こう》といったり、カンといったりする。浄瑠璃本にもしばしば「カン」という節音用語が記されている。これは高音で語ることを示す。甲に対して、低い音の部分は乙といわれる。呂《りよ》ということもある。これが「めり」に相当する。『太平記』巻第二十一・塩冶判官讒死事で、「真都ト覚都検校ト、二人ツレ平家ヲ歌ケルニ、……真都三重ノ甲ヲ上レバ、覚一初重ノ乙ニ収テ歌ヒスマシタリケレバ、師直モ枕ヲ、シノケ、耳ヲソバダテ聞ニ、簾中庭上諸共ニ、声ヲ上テゾ感ジケル」というのも、めりはりの利いた演奏だからこそ人々を感動させたのである。

めりはりは音楽の演奏だけでなく、演技に関しても言いうる。『続耳塵集』で、「今の敵役にめりはりの差別なく、つつこんで狂言するのみにかゝわるゆへ、立役も又敵役にさそはれてするどきを表とす。たとへば蟷螂の友喰ひといふ事あり」というのは、一本調子の演技のつまらなさを批判しているのである。めりはりのない科白まわしは不自然だから、それで観客の笑いを誘う場合もある。狂言「清水」で主をだましたことがばれそうだと気付いた太郎冠者は、わざと棒読みふうに鬼のおどし文句を言う。しかし、「きほひかかつて」言ってみよと主に言われて、ついめりはりを利かせて言って、結局だましたことがばれる例などがそれである。

【問答法《もんどうほう》】

すい「イヤ、ほんに跡月乗《あとげつのつ》たはヱ。寺詣《てらめへり》をかこつけに屋根舟で出やした。久しく向島へ行《いか》ねへから、舟を白髭へ着させて寺島の鞠宇《きくう》和尚が庵へ倚《より》やした　こ「ヱ、成ほど新梅屋しき　すい「アイ梅が屋さ　こ「あの庭は大分《でへぶ》よくなりましたネ　すい「和尚が丹精するから園はよく備つた。四季ともに景物があるから、百花園と呼《よん》でもにくゝねへ　こ「私も春の梅時分に、和靖《わせい》さんのお供で参《めへ》つたが、茶碗を貰ましたッけ　すい「ム、、碗中一ぱいに梅の輪《りん》で　こ「外《そと》に堀の内さまの納傘《をさめがさ》といふ字行《じくばり》で、銘がごぜへました

ぜ　すい「ナニサ、隅田河花屋敷器ス。居底《いとぞこ》の中が、百花園梅屋菊塢《ばいおくきくう》　こ「大明《たいみん》何とやらトある所《とこ》でござへますネ　すい「大明宣化年製かの。へ、、此間七草考《こないだしちくさかう》といふものを持て来て呉やした

（浮世風呂・四編巻之中）

*

二人乃至はそれ以上の人物に問答させる形で事件を展開させ、もしくはある場面を描写する方法。英語の dialogue に相当する。

問答という形式は広く歌謡に見出される。そこではこれが「歌掛け」という言い方で説明されているようである（土橋寛「歌謡の起源と本質」、日本文学協会編『日本文学講座9　詩歌・古典編』昭和63、大修館書店）。古代和歌でも、旋頭歌などには歌掛けのなごりが顕著に認められる。

水門《みなと》の葦の末葉を誰か手折りしわが背子が振る手を見むとわれそ手折りし

（万葉集・巻七・一二八八）

短歌形式を取る場合でも、二首による「問答」と理解すべきものが見出される。次の唱和形式の一対の和歌は「問答歌」とされている。

門立てて戸も閉したるを何処《いづく》ゆか妹《いも》が入り来て夢《いめ》に見えつる

（万葉集・巻一二・三一一七）

門立てて戸は閉したれど盗人の穿れる穴より入りて見えけむ

（同・三一一八）

問答という形式は、和歌における贈答歌、連歌における付合など、日本の詩歌のさまざまなジャンルを通じて、一つの基本的構造と捉えることができるように思われるが、散文の領域においても当然しばしば用いられてきた。仏教の方面では論義なる法会において経論の要義を問答、議論することが多かった。この形を模したものは物語や評論的な作品に少なくない。また、能のロンギの起源もここにあるであろう。

近世後期の小説、特に市井の人情風俗を克明にうがとうとした、洒落本・黄表紙・滑稽本・人情本の類では、登場人物の会話が叙述の主要部分を占めることになる。それらではしばしばほとんど地の文を交えず、問答のみによって筋や場面が展開してゆく。問答の巧拙が作品を左右することにもなる。

明治の作家、たとえば漱石や鏡花などは、おそらくこれらの作品から登場人物の会話の呼吸を学ぶところが多かったのであろう。

【一字《いちじ》を賦《ふ》す】

「観レ身岸額離レ根草、論レ命江頭不レ繫舟」歌群の最後九首

りんだうの花とも人を見てしかなかれやははつるしもがくれつゝ

にをどりのしたの心はいかなれやみなる、水の上ぞつれなき

つゆをみて草葉のうへとおもひしは時まつ程の命なりけり
なにのためなれるわが身といひがほにやくとも物のなげかしき哉
かぎりあればいとふま〻にもきえぬ身をいざ大方は思ひすて〻ん
さなくてもさびしき物を冬くればよもぎのかきのかれは《かれ〲イ》てにして
るいよりもひとりはなれてしる人もなく〲こゑんしでの山道
吹（ふく）風のをとにもたえてきこえずは雲のゆくゑをおもひおこせよ
ねしとこに玉なきからをとめたらばなげのあはれと人もみよかし

（和泉式部集・上）

*

「置二一字一」（一字を置く）、「文字を上《かみ》に置く」ともいわれる。あらかじめ決められている仮名文字の一字を決められている順で歌頭に詠み入れて連作すること。『源順集』の「あめつちの歌」や例示した『和泉式部集』の「観レ身岸額離レ根草、論レ命江頭不レ繫舟」の歌群（例示では「江《え》の頭《ほとり》に繫《つな》がざる舟《ふね》」の「り」以下各一字の部分）などがこれに相当する。建久元年（一一九〇）藤原定家・藤原公衡・慈円・隆寛らが、百字を一字ずつ、計百首を速詠するという試みを競った。「一字百首」（拾遺愚草員外）、「賦百字和歌」（三位中将公衡集）、「賦百字百首」（拾玉集）などと呼ばれる。定家はこれ以外にも、いろは四十七字の歌、藤原義孝の「秋はなほ夕まぐれこそただならね荻の上風萩の下露」（義孝集）、素性の

「今来むといひしばかりに長月の有明の月を待ち出でつるかな」（古今集・恋四・六九一）の歌を詠み入れた連作、「南《な》無《も》妙《めう》法《ほう》蓮《れん》華《ぐゑ》経《きやう》」の十三字を詠み入れた連作などを、いずれも主の藤原良経に命ぜられて試みており、「一字百首」とともに『拾遺愚草員外』に収めている。また、最晩年の『名号七字十題和歌』も、「なもあみたふつ」の七字を詠み入れた十題計七十首の作品群で、『為家卿集』と対照することにより、嘉禎三年（一二三七）、法印覚寛の勧進によるものであると知られる。いろは連歌も同様の言語遊戯で、『古今著聞集』巻五に、小侍従や藤原家隆家での小侍の話などが語られている。

　大和言葉にはラ行音に始まる言葉が少ないが、あめつちの歌やいろは歌、名号などはラ行音を含んでいるから、歌人は修練や和歌表現を拡充させる目的で、あえてかかる試みに挑んだのであろう。が、それにとどまらず、和泉式部の「観レ身……」歌群では、賦された詩句自体の思想が連作の雰囲気の基調ともなっていて、「一字を賦す」技巧は単なる技巧に終わってはいない。

【韻《いん》歌《か》】

あくるよりふるさと、をきたびまくら心ぞやがてうらしまの函。
有つ、とまたれしもせぬをかのかげひとよのやどにをがやをぞ芟。

くろかりしわがこまのけのかはるまでのぼりぞなづむみねの巌。に
山をこえ海をながむるたびのみちもの、あはれはをしぞ凡。たる
もろともにめぐりあひけるたびまくらなみだぞそゝくはるの盌。
人のくに夜は長月のつゆじもよ身さへくちにしとこの籢。に
こし方もゆくさきも見ぬ浪のうへの風をたのみにとばす舟の帆。

（拾遺愚草・中）

漢詩文の韻字（押韻のために句末に置く字）を用い、これを和歌の第五句に詠み入れる技巧。

掲出した例は藤原定家が建久七年（一一九六）九月十八日、内大臣藤原良経の家で詠じたという「韻歌百廿八首和歌」の終わり七首。○印を付した「函」「芟」「巌」「凡」「盌」「籢」「帆」などの漢字が韻字である。天仁二年（一一〇九）三善為康が編んだ『童蒙頌韻』に「雺《サン》黯《アント》巌《カン》巉《サント》《アメハクラウシテイワヲハサカシ》」「杉《サン》欃《サンノ》芟《サン》剷《カント》《スキマユミカリキル》」「函《カン》衫《サント》銜《カン》贓《カント》《ハコニシテウスキヌヲクツハミムマニ》」「巌《ケン》欽《ハント》凡《ホン》氿《ホント》《イツクシクサトリヲヲロカニカロシ》」「舡《ハン》厱《ケント》帆《ハン》颿《ハント》《フネムナシクシテホハシル》」などと見える。「韻歌百廿八首和歌」は『童蒙頌韻』に類する書から一二八字の韻字を書き出したものを示されて、あたかも漢詩で韻を踏むように、それを次々に第五句に詠み入れていった、きわめて技巧的な作品群である。右の例歌では「芟」は「かる」、「凡」は「こめ」、「籢」は「ふすま」と訓ませるつもりであろう。これはいずれも「旅」の題の歌であるが、「秋」の歌の中に、

旅人のそでふきかへす秋風にゆふ日さびしき山の梯

という一首がある。韻字は「梯」である。従って、これらの韻字を仮名に開いてしまうと、

これらの作の創作意図を無視したことになるのである。
定家はこののち、建保五年（一二一七）ごろ、内裏の作文で人々に与えられたという韻字を用いて、七言の漢詩句を賦し、和歌を詠じて、詩句は左大臣藤原良輔に加点してもらっている。一斑を示せば左のごとくである。

金韻忽生残暑尽　独吟古集早秋詩
秋にたへぬことの葉のみぞ色に出る大和の哥ももろこしの詩も
乱レ風荻葉傷レ人夕　飜レ浪荷花結レ子時
めにたゝぬかきねにまじるおぎのはも道行人の手にならすとき
（拾遺愚草員外）

和歌における漢詩の影響の著しいものといえよう。

【飛《と》びたる歌《うた》】

一、秋風によひの村雲はやければ出にし方にかへる月影
よもすがら月影したふ山がつや庭に出つゝ衣うつらむ
これらは飛たるうたなり。
一、俊頼は最上の上手なれども、飛び過たる歌おほし。

きかずとも聞つといはん時鳥人笑はれにならじと思へば
聞つとも誰にかたらん時鳥かげより外に人しなければ
此躰の歌、家集に多し。

（兼載雑談）

*

あたかも宙を飛んでいるような突飛な歌。足が地についていないような奇想天外な歌。
『兼載雑談』では、「未来記の歌は、かけり飛過したる躰なり」「連歌の飛たるはよし。そばみたるはわろし。うつくしきはよし。ぬるくうつけたるはわろし。人の意地のすねたるはよく、ゐせたるはわろきがごとし。意地のまてなるはよく、はかなるはわろきがごとし。爰のさかひ大事なるをや。狂句も後にやはらかにせん下地とおもひてせば、よかるべきとなり。秘事なり〳〵」とも言っている。これらの言及例から、「飛びすぐしたる歌」「飛びすぐしたる体」という言い方もあり、「体」というからには、歌のみならず連歌の場合にも言われたと知られる。おそらく俳諧での「飛体《とびてい》」も、その起源はここに求められるのであろう。また、能・狂言や歌舞伎での「かけり」とも無関係ではあるまい。
例示されている和歌のうち、前の「秋風に」「よもすがら」の二首は出典・作者ともに未詳。後の二首は『散木奇歌集』所収の源俊頼の作だが、初めの歌は「なかずともなきつといはむ」、後の歌は「なきつとも誰にかいはん」の訛伝である。「秋風に」の作では下句が奇抜である。「よもすがら」の作は室内労働である砧を屋外でやらせている趣向が飛んでいるのであろう。俊頼の二首はいずれも下句が風変わりである。

こう見てくると、「飛びたる」「（かけり）飛び過したる」というのは、批判的な言辞と知られる。それは本来表現技巧などではありえない。しかしながら、「連歌の飛たるはよし。そばみたるはわろし」などという言い方もなされることを思えば、いわばちょっと気取って書くと文章に味がつくように、時には「飛ぶ」こともよい結果をもたらすことになる。もとより「飛び過」ぎてはいけないのであるが……。

【半臂《はんぴ》の句《く》】

俊恵、物語の次にとひて云、「遍昭僧正の哥に、たらちねはかゝれとてしもむばたまのわがくろかみをなでずやありけむ　この哥のなかに、いづれのことばかことにすぐれたる、おぼえんまゝにのたまへ」といふ。予云、「『かゝれとてしも』といひて、『むばたまの』とやすめたるほどこそは、ことにめでたく侍れ」といふ。「かくなり〳〵。……月といはむとて『ひさかた』とおき、山といはんとて『あしひき』といふはつねのことなり。されどはじめの五文字にてはさせる興なし。こしの句によくつゞけて、ことばのやすめにおきたるは、いみじう哥のしなもいでき、ふるまへるけすらひともなるなり。ふるき人、これをば半臂の句とぞいひ侍ける。……」（無名抄・哥ノ半臂句）

＊

一首の和歌で、それ自体は深い意味を持たないが、修飾として効果をあげる句。束帯を着る際、袍と下襲との間に着用する短い装飾的な衣である半臂にたとえていう。掲出部分に続いて、俊恵は「はんぴはさせるようなき物なれど、装束のなかにかざりとなる物也。哥の卅一字いくほどもなきうちに、おもふことをいひきはめんには、むなしきことをばひと文字なりとも申べくもあらねど、このはんぴの句はかならずしなとなりて、すがたをかざる物なり。すがたに花麗きはまりぬれば、又おのづから余情となる」と説いている。従って、一見無駄な修飾句のようであるが、実は一首の風体のよしあしを左右する要のような役割を果たす句ということになる。

心敬が『ささめごと』上で「歌には曲を二所にいはじとて、おほく序の言葉、休めたる言葉を置くもの也。是を半臂の句といへり」というのも、『無名抄』にもとづいてのことであろう。『無名抄』によれば、「たらちめはか丶れとてしもむばたまのわが黒髪を撫でずやありけん」（後撰集・雑三・一二四〇）の「むばたまの」の句、『ささめごと』の例歌によれば、「たがみそぎゆふつけ鳥か唐衣たつたの山におりはへてなく」（古今集・雑下・九九五）、「鵜飼舟あはれとぞ見るもの丶ふのやそうぢ川のゆふやみの空」（新古今集・夏・二五一）の傍線部分などがそれに相当することになる。枕詞・序詞などで、上句から下句へと展開する途中に置かれ、切迫した声調を和らげ休め、一首全体の飾りとなっている。

『無名抄』では、長明はこの俊恵の語に続けて、雅楽の「蘇合香」の舞い方に関して、「急のはじめ一反をばまことにまふことなし。かたのごとく拍子ばかりにあしをふみあはせてうちやすみつゝ、二反のはじめよりうるわしくてまふ也。このけすらひはたがはぬ半臂の句の心也」（蘇合ノスガタ）という。半臂の句はおしなべて芸術表現における装飾の重要さを考えさせるものである。

【遣《やり》歌《うた》】

二百四十三番

左　　　　　　　　　前権僧正

故郷の花のしら雲みにゆかんいざこまなべてしがの山越

右　　　　　　　　　兼宗卿

草も木もいかに契《ちぎり》て藤のはな松にとしもはかゝりそめけん

左歌、「いざこまなめてしがの山ごえ」、これらはたゞ詞にまかせて、百首歌の中のやり歌とはみえ侍れど、心詞おかしく侍にや。右歌、心うるはしくとがなくはみえ侍を、藤の松にかゝれる心、さしてしもはおぼえ侍らねど、きゝなれてや侍らん。左の「しがの山越」、めづらしく侍にや。

（千五百番歌合・春四）

百首歌などの定数歌で、一定数を満たすために、さほど表現に凝らず詠み流した歌。『正徹物語』下にも、「『梅が香を幾里人か』『かずおほきおくてのうへめ』などの哥はおかしき哥也。此等は百首のやり哥也」という。自作についていっているのかと想像されるが、これらの歌の全形はわからない。

「遣り」とは、馬を遣る、車を遣る、文を遣るなどの「遣る」と同じく、前に進めるの意であろう。たとえば、百首のうち春二十首という条件があるとすれば、ともかく春の歌を二十首詠まねばならない。その場合一首一首彫琢を凝らしていてはなかなか目標に達しない。むしろさほど表現や風体にこだわらず詠み進める、詠み進むことが第一である。そのように作品群を完成させるために詠み進む歌が、やり歌なのであろう。となると、当然それらは一首としてはさほどすぐれた作品であることが期待できない。歌論用語でいう「地《ぢ》(の)歌」に近いものとなる。

「やり歌」自体歌論用語であって、修辞学の用語とはいえない。が、地の歌と有文の歌、有文と無文という関係ともなると、音楽や科白の言い廻しでの「めりはり」同様、それはすべての芸術表現に共通する一つの技巧と捉えていいであろう。「やり歌」もまた、百首なら百首という統一された一作品を完成させるためのいわば捨て石なのであって、そういう捨て石をあえて置くということも、芸術表現上の一つの技巧と見られなくもないのである。

連俳用語の「遺句」も遺歌と無関係であるとは考えられない。

【勒《ろく》句《く》】

春くればみ山の里の谷の戸も氷のとざし今朝ぞ明ぬる
かぞへつるけふのねのひのあさ霞小松が枝にたなびきにけり
はるとしればよもの梢に霞たつ山のかひあるあけぼのゝ空
みやこよりはやきてもみよ山里に鶯きゐる梅のたちえを
しづのめがとしとゝもにもつむ物は春の七日のわかなゝりけり
（中略）
……一首五句之内ニ勒句也所謂／春二十
はるくれは初句　けふのねのひの第二　かすみたつ第三　鶯きゐる第四　わかななりけり第五
（拾玉集・第二）

*

あらかじめ定められた句を定められた位置に詠み入れて歌を詠ずること。漢詩を作る際、一韻の中から数箇の字を取り、その字の次第順序を定め、その順に従って一篇の詩を作ることを「勒韻」という（「勒」は「きざむ」「おさえる」「おさめる」などの意か）。たとえば、「遊二関西山寺一。勅」と題する「乗レ暁遥臻虚洞閑。浮雲残月満二吾顔一。紅林老葉落無レ遅。白雨寒声来レ自レ山。蓮社煙香迎レ仏処。竹房日暮謁レ僧間。一円教理今聞得。身後三途不二敢還一」（本朝無題詩・巻一〇・釈蓮禅）では、○印の四字が上平声の韻字で、これらを所定の位置に勒しているのである。和歌で、この勒韻を模したのが勒字や勒句である。

掲出した例は、建久元年（一一九〇）六月二十六日の未の初めから同刻の終わりまで一時の間に詠じた「勒句百首」の初めの部分で、これを勧進したのは藤原定家であった。定家自身の作は「一句百首」と呼ばれて『拾遺愚草員外』に収められている。また、同じく勧進に応じた藤原公衡の詠は「勒一句詠百首和歌」という端作で『三位中将公衡卿集』に収められている。試みに同じ句を勒した公衡の作を掲げておく。

はるくればやどの軒ばをかぜ過てたるひも玉のちるかとぞみる
うちむるゝけふのねのひにことよせてたれもちとせを松とこそみれ
おりくにみえし煙もかすみたつはるはまがひぬみ山べの里
何事をたえていとはん梅がえにうぐひすきゐるみ山べの里
みな人はおいをのみつむ世中にことしものべのわかなゝりけり

定家の作を参照すると、「うちむるゝ」の歌の勒句は「けふのねのひの」とあるべきところを（あるいは故意に）変えているか。この方法は一句が共通するだけに、詠作を競うこととなる。

【余所事浄瑠璃《よそごとじょうるり》】

上るり〽雁金を結びし蚊屋も昨日今日、残る暑さも忘れてし肌に冷たき風立ちて、昼も音《ね》を啼く蟋蟀《こほろぎ》に哀れを添ふる秋の末、

ト お照煙草をのみながら是を聞きて、

隣のお内へ浜町の家元が来て、浄瑠璃があると聞いたが、もう初まつたか、常ならどんなに面白くよい楽しみをする所、折も折とて母さんが無心に来たので気が揉めて、聞くことさへもならぬわいな。

〽我身一ツにあらねども憂《うき》にわけなきことにさへ、露の涙の黴《こぼ》れ萩、曇り勝ちなる空癖に、夕日の影の薄紅葉、梅も桜も色替へる中に常磐の松の色、

ト 此内お照思案に余る思入にて、涙を拭ひ宜しくこなし、……

（鳥鵆月白浪・三幕目望月輝妾宅の場）

＊

その芝居のために作詞・作曲されたにもかかわらず、隣家などで進行中の劇とは無関係に演奏されているという形で語られる浄瑠璃。劇中の人物は浄瑠璃を聞きながら身につま

されたという形で演技する。

例示したのは明治十四年（一八八一）十一月東京新富座で初演された、河竹黙阿弥の散切物の白浪物『島衛月白浪《しまちどりつきのしらなみ》』に、清元「色増栬夕映《いろまさるもみじのゆうばえ》」（雁金《かりがね》）が挿入されている部分である。このすぐあと、主の望月輝が登場して、「隣の主人が贔屓だから、お葉（二世清元延寿太夫の娘、四世の妻）かと思つたら、今日は太夫（四世延寿太夫）の浄瑠璃だな」、「（お照）いつもながら家元はい、声でござりますな」などという科白のやりとりがあり、浄瑠璃のクドキに合わせて、「お照クドキ模様の振宜しくあつて」（ト書）というように劇は進行する。

黙阿弥はしばしばこのような形で浄瑠璃を利用している。慶応元年（一八六五）の『処女《むすめ》評判善悪鏡』（白浪五人女）での清元「貸浴衣汗雷《かしゆかたあせになるかみ》」（夕立）も、明治十八年の『水天宮利生《めぐみの》深川』（筆売幸兵衛）での清元「風狂川辺の芽柳」も同様な余所事浄瑠璃である。

それ以前には、劇中の登場人物が落ちている書付を拾って、浄瑠璃名題や太夫などの名を観客に披露するという形式があった。鶴屋南北の『お染久松色読販《うきなのよみうり》』（お染の七役）での常磐津「心中翌《あす》の噂」、黙阿弥の『小袖曽我薊色縫《あざみのいろぬい》』（十六夜清心）での清元「梅柳中宵月《なかもよいづき》」（十六夜）などがそうである。そういう形式での浄瑠璃の導入のしかたがいかにも芝居らしいのに対して、余所事浄瑠璃は一見自然な感じを与える。その一見自然さをよしとする観客の好みに合わせたのかもしれないが、また清元がお座敷浄瑠璃としても享受されるようになってきたことも、このような演出が取られた一因であろう。こうして作られた「夕立」や「雁金」は名曲として、芝居とは関わりなくしばしば演奏される。

日本語のしらべ

詩歌関係の仕事を一緒にしている編集者の人々とお酒を飲みながら、談たまたま歌謡曲や歌手の話に及んだ時、中島みゆきの「りばいばる」という曲が何となく好きだと言ったら、メンバーのうちの若い女性が、「わたしも中島みゆきのファンなんです」と言って、その次に会った時、カセットを貸してくれた。「中島みゆきザ・ベスト」というので、二十曲入っている。そこで、師走のある日曜日聞いてみた。われわれの世代はいわゆるながら族ではないから、聞く時はひたすら聞く。いや、同世代にもながら族はいるのかもしれないが、こっちは無器用だから、何かを聞きながら仕事をするなどという芸当はできないのである。

聞き覚えのある「りばいばる」の、一種けだるいような、ものういようなメロディーが流れてきた時、ああ、やっぱりこれがいちばんいいなと思った。ところが、それから何度かかけていると、他の曲もだんだんよくなってくる。〝ザ・ベスト〟とうたうだけあって、それぞれ皆違っている。突っ張り少女というかむしろ女番長を連想させるような、どすの利いた歌い方の曲もある。コミカルで軽妙な調子の歌もある。コケティッシュなのもあれば、センチメンタルな情感の溢れるものもある。それらのどれにも味がある。自身の心裡で、「りばいばる」が相対化されてくるのを感じた。

「りばいばる」という曲を知ったのは、もう、八、九年前のことになる。そのころ、西ドイツに出張していた。家族を伴っての出張だから、ひどい望郷の念に駆られるなどということはなかったのだが、ドイツの冬が長く、暗鬱であることに変わりはない。その冬、日本から送られてきたテープの中にこの曲があって、それを娘がしょっちゅうかけていたので、聞くともなしに聞いていたのである。そして、そのメロディーと歌詞とから、ずっと昔見たことのある、名古屋に近いある街の風景を何となく思い浮かべていたように思う。けれども、別に失恋の傷を抱きながらその街をさまよっていたわけではなく、まことに散文的なのだが、卒業論文の資料漁りに行ったのだった。だから、歌詞とは全く何の脈絡もないのだが、ふと、ここに歌われている忘れられた歌が流れる、だれも知らない遠い街角は、ひょっとしてあの街みたいなさびしい風景だろうかと思うと、その幻景がメロディーにまつわり付いて離れない。藤原俊成は、『慈鎮和尚自歌合』の跋文で、「よき歌になりぬれば、その詞姿のほかに、景気(景色というのに近い)の添ひたるやうなることあるにや。たとへば、春の花のあたりに霞のたなびき、秋の月の前に鹿の声を聞き、垣根の梅に春の風の匂ひ、峰の紅葉に時雨のうちそそきなどするやうなることの、浮かびて(眼前に髣髴して)添へるなり」と言っているが、私にとっては中島みゆき作詞作曲の「りばいばる」が「詞姿のほかに景気の添」う、余情幽玄の体の一例なのである。

ベスト20を聞いたのちでも、それに変わりはないのだが、すると他の十九曲も、和歌でいう十体のそれぞれに振り分けることができるかもしれないとも思う。たとえば、『定家十体』という歌論書では、幽玄様に始まって、長高様・有心様……と続き、拉鬼様(または鬼拉様)というので終わっている。どすの利いた歌はさしずめ拉鬼様であろう。有心様や面白様の曲目も確かにありそうな気がする。一人でこれほど多種多彩な歌を作詞作曲しかつ歌いこなす中島みゆきという人は、現代の和泉式部ではないだろうかとすら思われてくるのだった。

和泉式部は好きな歌人である。その生き方が好きだというのではない、歌そのものが好きなのである。では、どういう歌が好きかと聞かれれば、やはりまず、性空上人に送った、

くらきよりくらき道にぞ入りぬべきはるかに照らせ山の端の月

という歌を挙げたくなる。和泉式部と同時代の四条大納言公任は、彼女の秀歌として、

津の国のこやとも人をいふべきにひまこそなけれ葦の八重葺き

という作を挙げ、〝世間では皆「くらきより」の歌を彼女の代表作としていますが。〟といぶかった息子の定頼に対して、〝それは世人が歌というものを知らないからだ。「くらきよりくらき道にぞ入りぬべき」というのは『法華経』の文句に基づいているではないか。だから下句は上句に引かれてたやすく出てくるだろう。それに対して、「津の国の」の歌の言葉の続けようは凡慮の及ぶところではない。〟と言ったという。和歌の表現の機微を考える際にまことに示唆的な話なのだが、歌の目利き公任の言にもかかわらず、「津の国の」のような、軽く人をいなした歌はどうもあまり好きになれない。

あらざらむこの世のほかの思ひ出でにいまひとたびの逢ふこともがな

という歌も、『小倉百人一首』で耳馴れているけれども、むしろ、恋人の帥宮敦道親王を失ったのちの、

捨てはてむと思ふさへこそかなしけれ君に馴れにしわが身と思へば

という歌が好きだ。家集（和泉式部続集）では、「なほ尼にやなりなましと思ひ立つにも」という詞書

がある。結局、彼女はこの時尼にはならなかった。藤原保昌と再婚して、平穏な後半生を送るかと思われたが、前の夫橘道貞との間にもうけた愛する娘小式部内侍に先立たれている。その時、小式部の忘れ形見である嬰児を見て詠んだ作、

とどめおきてたれをあはれと思ひけむ子はまさるらむ子はまさりけり

子に先立たれた母の悲歌として、これほど真率な調べの歌も少ないであろう。

その他、「身を観ずれば岸の額に根を離れたる草……」という無常の詩句を一字ずつ歌の頭に詠み入れた作品群中の、

野辺みれば尾花がもとの思ひ草かれゆくほどになりぞしにける

という、沈んだ情感の歌も捨てがたい。こうして、和泉式部ベスト10も、いざ選ぶとなると簡単には選べない。

その和泉式部のことを、紫式部がこっぴどくやっつけていることは、よく知られている。

歌はいとをかしきこと。物覚え、かたのことわり、まことの歌よみざまにこそ侍らざめれ、口に任せたることどもに、必ずをかしき一節の目にとまる、詠み添へ侍り。それだに、人の詠みたらむ歌、難じことわりゐたらむは、いでやさまで心は得じ。口にいと歌の詠まるるなめりとぞ見えたる筋に侍るかし。恥づかしげの歌よみやとは覚え侍らず。（紫式部日記）

『源氏物語』に対しては敬意を表するけれども、いや、紫式部その人の重苦しい歌のいくつかも悪くはないと思うのだが、この言い方はひどいと思う。「口にいと歌の詠まるるなめりとぞ見えたる筋に侍るかし」――結構ではないか。口を衝いて出る言葉がそのまま歌になる、それこそは歌人であり、詩

人であるというものだ。「物覚え、かたのことわり」などが、どうして歌人の必須条件であろうか。俊成は『慈鎮和尚自歌合』の先に引いた文章の直前で、こうも言っているのである。

おほかた、歌は必ずしもをかしきよしを言ひ、事のことわりを言ひきらむとせざれども、もとより詠歌といひて、ただよみあげたるにも、うち詠じたるにも、何となく艶にも幽玄にも聞ゆることのあるべし。

おもしろい着想を述べたり、物事の道理を説き尽くしたりしなくても、音声によって表現した時の調子によって、どことなく「艶にも幽玄にも」聞こえるであろうというのだから、「物覚え、かたのことわり」などは二の次であって、俊成にとっては一首の歌の生命は音声的表現効果であると考えられていたのである。だから、歌人は口早く、そして耳がよくなくてはならない。

俊成のこの声調重視論を継承しているかに見受けられるのが、近世桂園派の宗匠香川景樹である。この人が歌論で「調べ」という術語を多用した人物であった。彼は常に「歌はことわるものにあらず、調ぶるものなり。道理なき歌はなほよむべし。歌ならぬ理はいふべからず」と教えていたという。「歌は理屈ではない、音楽的美しさを追求するものである。理屈の通らない歌は詠んでもよいが、歌でない（歌にならない）理屈は言ってはいけない。」というのである。『歌学提要』にこの景樹の語を引いている門弟の内山真龍は、「これ、調べあれば歌、調べなければ歌にあらず。畢竟調べとは歌の称《な》なり」と述べている。調べこそは歌の本質だというのである。

同じ書物で、調べについて、それは作為的なものではなくて、「おのづから出で来る声、おなじ阿《あ》といひ、耶《や》といふも、喜びの声は喜び、悲しみの声は悲しみと、他《ひと》の耳にも分かるるを、しばらく調べとはいふなり」とも論じている。すると、調べとは、自然な人間感情や感動の音声的表現と言い換えることができるであろうか。

おそらく現代は、自然感情の発露がそのまま秀歌となり名句となるほど、単純素朴な時代ではないだろう。けれども、地上げとか円高不況とか政治献金とか、はたまたGNP……%枠突破とか、悲しい日本語が跳梁跋扈するにつけ、古歌に歌われたやさしく美しい日本語を舌の上にころがし、その調べの中に身を置きたいと思っている。

中島みゆき論をしたのは、そのような日本詩歌を集成する仕事の合間のことだった。

『讃岐典侍日記』『徒然草』の〝降れ降れ、粉雪〟

ふれくこ雪　たんばのこ雪
かきや木のまたに

【口語訳】

降れ降れ、粉雪、溜《た》まれ、粉雪、垣根や木の股に。

【解説・鑑賞】

歌謡本文は『徒然草』の最古写本である正徹本に引かれている形で掲げた。志田延義編『続日本歌謡集成』巻二中世編（昭和三十六年六月刊、東京堂）では、兼好の考証に従って、

ふれふれ粉雪《こ》、たまれ粉雪、垣や木の股《また》に。

という形で掲げ、「解説」で「今日のところ古い時代の完全な童謡と考えていいもの」という。

歌い出しの「ふれくこ雪」の部分は、早く『讃岐典侍日記』下、嘉承三年（一一〇八）正月二日の記事に見える。『新編日本古典文学全集』26所収の同日記本文（石井文夫校注・訳）によって示せば、次の通りである。

つとめて、起きて見れば、雪、いみじく降りたり。今もうち散る。御前《おまへ》を見れば、べちにたが

ひたることなき心地して、おはしますらん有様、ことごとに思ひなされてゐたるほどに、「降れ、降れ、こ雪」と、いはけなき御けはひにておほせらるる、聞こゆる。こはたそ、たが子にかと思ふほどに、まことにさぞかし。思ふに、あさましう、これを主《しゅう》とうち頼みまゐらせてさぶらはんずるかと、たのもしげなきぞ、あはれなる。

「いはけなき御けはひにておほせらるる」のは、この年数え年で六つになる鳥羽天皇（康和五年〔一一〇三〕正月十六日誕生、嘉承二年七月十九日践祚）である。この日記を読み、このわらべ唄に関心を抱いた兼好は、『徒然草』第百八十一段で次のような「ある物」の説を紹介した。

「ふれ〱こ雪、たんばのこ雪」といふ事、よねつきふるひたるに似れば、こ雪といふ。「たまれこ雪」といふべきを、あやまりて「たんばの」とはいふ也。「かきや木のまたに」とうたふべしと、ある物しり申き。昔よりいひけること〔に〕や。鳥羽院おさなくおはしまして、雪のふるに、かく仰られけるよし、さぬきのすけが日記にかきたり。（正徹本による）

幼い鳥羽天皇が歌ってから約二百三十年後も歌い継がれていた、長い生命を持ったわらべ唄であると知られる。

「つれ〲をすさむたんばの粉雪哉」は貞門の俳諧撰集『崑山集』巻十二に見える、『徒然草』の影響例。

亀井孝「中世における文体の崩壊の問題」（「文学」昭和三十三年十二月号）で、この唄は、

Fure fure koyuki, Tam-mare koyuki, Kakya kino matani.

と、「四三」調もしくは「三三三」調で統一され、調子が加えられてうたいはやされたのであろうと考

えている。

昔から子供は雪が降ることを喜んで歌いはやしてきた。泉鏡花が明治二十九年一月に発表している「北国空」には、北国（郷里金沢をさす）の冬、「児輩《じはい》は軈《やが》て来らむずる「お正月」の希望に輝ける愛らしき顔を、風に曝し雪に撲《う》たせて仇気《あどけ》無き声々に「雪は一升、霰は五合、」と手拍子鳴《なら》して囃しつゝ、兎の如く跳廻りて喜べり。」という（『新編泉鏡花集』第一巻の本文による）。鏡花は大正四年十月の談話「自然と民謡に―郷土精華（加賀）―」でも、右の唄を「雪は一升、あられはごんご」という形で紹介し、さらに、「粉雪の降る時には、「天な灰やたつ、下にや雪や降る」と謳ひながら遊ぶ。」と語っている。

北原白秋は「赤い鳥」大正九年一月号に「雪のふる晩」（初出題「雪のふる夜」）を発表した。

大雪、小雪、
雪のふる晩に、
誰《だアれ》か、ひとり、
白い靴はいて、
白い帽子かぶつて。

この「誰か、ひとり」は怖い。四連から成るこの童謡の最後の連は、どきりとさせられる。

大雪、小雪、
雪のふる窓に、
誰《だアれ》か、ひとり、

「生胆《いきぎも》貰はう。」

「その子を貰はう。」

（『兎の電報』）

降り来る雪を喜んで手に受ける子供の心をそのまま詩に移したような作品が、堀口大学の『月光とピエロ』の巻頭詩「雪」である。その最初の連、
雪はふる！　雪はふる！

見よかし、天の祭なり！

III

「古典文学動物園」待望の弁

ほと、ぎすなくやさ月のあやめぐさあやめもしらぬこひもする哉（古今・恋一・四六九・読人しらず）

という古歌の「あやめぐさ」が花菖蒲と同じもの、あるいはその仲間だと思い込んでいる学生は、意外にも多いようである。そのために、年に一度は、菖蒲湯の話、端午の節句のちまき、屈原のこと、「六日のあやめ十日の菊」という諺、この「あやめぐさ」はサトイモ科の植物であり、杜若や花菖蒲・野花菖蒲・グラジオラスなど、アヤメ科の植物とは全く別のものであることを話さなければならない。そして、古典文学を解するためには、やはり最低限の博物誌的知識が不可欠であると痛感するのである。

そこで今回の企画も、半ばは知的な遊びと思いながら、編集部の依頼で面白がって項目立てから考えてみたのであるが、総量の関係で多くの項目をお蔵入りせざるをえなかった。

まず鳥類には、まだまだ取り上げたい鳥が沢山いる。たとえば、雲雀である。大伴家持の、

うらうらに照れる春日に雲雀あがり情悲しも独りしおもへば（万葉・巻一九・四二九二）

以来、雲雀は重要な春の鳥である。『六百番歌合』春中での題とされてもいる。ここでは、

十八番

左　　　　　　　　　　　　　　　　　　　　顕昭

はる日には空にのみこそあがるめれ雲雀のとこはあれやしぬらん

右勝　　　　　　　　　　　　　　　　　　　寂蓮

子をおもふすだちのを野をあさ行ばあがりもやらず雲雀鳴也

という二首が合わされ、雲雀の生態について、そのような事柄には関心のなさそうな判者藤原俊成までが言を費やしている。

『応仁記』に見える飯尾彦六左衛門尉の、

汝ヤシル都ハ野辺ノ夕雲雀アガルヲ見テモ落ルナミダハ　（巻二）

も有名である。

芭蕉には、

永き日も囀たらぬひばり哉

雲雀より空にやすらふ峠哉

一茶には、

野ばくちが打ちらかりて鳴雲雀

などの句がある。

雲雀は痩せて骨ばった人にたとえられもする。

瀬尾が心は上見ぬ鷲。つかみかゝるを俊寛が雲雀骨にはったと蹴られ。（平家女護島・第二）

火の臓強い男持雲雀の様にならんしょと笑ひて走行にけり。（八百屋お七・中之巻）

など。

水乞鳥という項も初めは考えてみた。『伊勢集』に、

　夏いとあつきさかりに、おなじをとこ

なつのひのもゆるわがみのわびしさにみづこひどりのねをのみぞなく

　かへりごとなし

とあり、西行も、

山ざとは谷のかけひのたえ〴〵にみづこひどりのこゑきこゆなり　（山家集・中）

と詠んでいる。水乞鳥は水恋鳥なのかもしれない。カワセミの一種アカショウビン、ミヤマショウビンのことという。

魚介のうち貝類では、平安末期歌学の難義の一つに関連して、馬刀貝《まて》も立てたいところである。すなわち、『後撰集』の、

　心にもあらでひさしくとはざりける人のもとにつかはしける　源英明朝臣

伊勢の海のあまのまてがたいとまなみながらへにける身をぞうらむる　（恋五・九一六）

の、「あまのまてがた」に関してはさまざまに論じられているが、俊成は崇徳院の下問に対し、「海辺に蛤と申物沙中に候。其かたの候なるを見て、海人等いそぎてこれをさしとり候なるを、いとまなしとは詠ずるよし、基俊申候きと申」（僻案抄）したという。

まてかたにかきつむあまのもしほぐさけぶりはいかにたつぞとやきみ　（斎宮女御集）

という歌などを考えると、砂に潜った馬刀貝の痕跡ではなく、両手肩の意と解する方がよいのかもし

れないが、顕昭も『袖中抄』では「あまのまてがた」を「カヒツモノトルコト」とし、「亀鏡抄ト云文ハ伊勢ノ室山ノ入道ガ撰也。以二此哥一入二馬蛤《マテ》哥一。甲虫類也」と注している。その同じ顕昭が『六百番歌合』では「寄《スル》二海人《ニ》一恋」の題を、

　もしほやくあまのまくかたならねども恋のぞめきもいとなかりけり

と詠じ、相手方に「まてかた」ではないかと難ぜられて、「まくかたと存て詠ずるなり」と陳じているのである。この問題も面白い。

　魚類では、変わったところで鰈を立てることも考えてはみた。瀬川如皐の『与話情浮名横櫛』（切られ与三）一幕目木更津浜辺の場の、いわゆる汐干狩見そめの場の幕切れでは、小細工な演出なのだが、鰈が使われるはずであったという。しかし、それは台本には書かれていない。三世中村仲蔵の出した羽織落しの名案によって引込んでしまったのであるらしい。岩波文庫『与話情浮名横櫛』の解説に仲蔵の『手前味噌』が引用されていて、そのことが知られる。けれども、引込められた魚をわざわざ出すのも異なものなので、これもお蔵入りとした。

　誰か一人で通して、読んで楽しい「古典文学動物園」とでもいった本を書いてくれないものだろうか。私自身は、木草は大好きだが、動物はどうも……という人間で、到底その任には耐えないのである。

【猪《いのしし》】

単に「ゐ」「しし」、また「ゐのこ」ともいう。「しし」は狩猟の対象となる獣を広くいう語で、猪だけでなく鹿をもさす。「ゐのしし」に対して、鹿は「かのしし」という。『今昔物語集』では「野猪」を「くさゐなぎ」と読んでいる。

＊

雄略天皇はたけだけしい王者と伝えられているが、この天皇の話にはしばしば猪が登場する。まず即位前に、「近江の来田綿《くたわた》の蚊屋野《かやの》に、猪《ゐのしし》鹿《かのしし》多《さは》に有り」とたばかって市辺《いちのべの》押磐皇子《おしはのみこ》を狩に連れ出し、「猪《しし》有り」と叫んで皇子を射殺してしまっている。即位後は葛城山で狩をした際、「逐《お》はれたる嗔猪《いかりゐ》」に突かれそうになったが、「天皇、弓《みたらし》を用《も》て刺き止めて、脚《みあし》を挙げて踏み殺したまひつ」（日本書紀・巻一四）というのだから、怒り猪以上のたけだけしさである。この時、木に登って猪から逃れた舎人は斬られるところであったが、「やすみしし　我が大君の　遊ばしし　猪《しし》の　怒声《うたき》恐み　我が　逃げ上りし　在峰《ありを》の　上の　榛《はり》が枝　あせを」と歌い、これに感動した皇后の取りなしで助命されたという。

崇峻天皇は献上された「山猪《ゐのしし》」を指して、「何の時にか此の猪の頸を断るが如く、朕《わ》が嫌《ねた》しとおもふ所の人を断らむ」とつぶやいた。蘇我馬子は自身が猪に擬せられていると思って、東漢直駒《やまとのあやのあたいこま》を使って、天皇を殺させた（日本書紀・巻二一）。記紀に登場する猪は、何とも血なまぐさいものが多い。

『今昔物語集』巻二〇第一三話には「野猪《くさゐなぎ》」が普賢菩薩に化けて愛宕山に住む聖人をたぶらかしたが、猟人に射殺されたという話が載っている。同様の説話は『宇治拾遺物語』にも見えるが、そこでは野猪ではなくて、狸とされている。やはり『今昔物語集』巻二七第三四話には人の名を呼んで射殺された野猪の話、同じ巻の第三五話には死者の棺に寄って来て怪しい光を放ったが、遂に殺された野猪の話が語られている。この説話集では猪も狐狸同様人を化かすことがあると考えられているらしい。

帥宮敦道親王に先立たれた和泉式部は、寝られぬままに嘆いて歌った。

かるもかきふす猪《ゐ》の床のいを安みさこそ寝ざらめかゝらずもがな

（和泉式部集・上、後拾遺・恋四・八二一）

『俊頼髄脳』はこの歌について、次のように言う、「是は猪の穴を掘りて、入り臥して、上に草を取り覆ひて臥しゐれば、四五日も起きあがらで臥せるなり。かるもといふはかの上に生ひたる草をいふなり。されば、恋する人はいを寝ねば、さこそ寝ざらめとはよむなり」。後に、『六百番歌合』で藤原定家は「寄《スル》レ獣《ニ》恋」の題を、

うらやまずふすゐのとこはやすくともなげくもかたみねぬもちぎりを

と詠んで、同じく、

いかにわれふすゐの床に身をかへて夢のほどだに契《でイ》りむすばん

と詠んだ藤原隆信の歌と合わされた。判者藤原俊成は隆信の歌につき、「床に身を代へんと

にはあらじ、猪にしばしなりて契り結ばんとにや侍らん。ふすゐの夢、いか様にかは見侍らん。ふすゐ羨まずといへらんにも劣るべくや」と評して、我が子の詠に勝を与えた。『正徹物語』でも定家のこの歌について「誠にあはれなる心なり」と賞している。歌語「ふすゐの床」については、寂蓮が「歌のやうにいみじき物なし。ゐのしゝなどいふおそろしき物も、ふすゐの床などいひつれば、やさしき也」と言ったという（八雲御抄・巻六）。この言葉は『徒然草』一四段にも引かれている。

建久四年（一一九三）、源頼朝は富士の裾野藍沢に夏狩を行った。この時、仁田四郎忠常は手負いの大猪にさかさまに飛び乗って、これを仕留めたという。「鉄銅をまろめたる猪《しし》なりとも、あまさじ物をとおもひければ、大の鹿矢《ししや》をぬきいだし、たゞ一矢にとひきてはなつ所に、矢よりも先にとび来、のりたる馬を主ともに中にすくうてなげあげ、おちばかけんとする所に、かなはじとや思ひけん、弓も手綱も打すてて、むかふ様にぞのりうつる。されど共、さか様にこそのりたりけれ。ししはのられて腹をたて、馬をかしこえかしたおし、雲霞にわけいりて、虚空をとんでまはりしは、周の穆王、釈尊の教法をきかんと、八匹《ひつ》の駒に鞭をあげ、万里の道、刹那にとび付しも、是にはいかでまさるべき」（曽我物語・巻八）。この巻狩のさ中に曽我兄弟は父の仇工藤祐経を討った。その兄弟のうち、兄の十郎祐成を討ったのが、この仁田忠常である。

ゐのしゝやむじなのわきで工藤死ニ　（柳多留・一一二篇）

は、この仇討に材を取った句。

手負いの猪は『仮名手本忠臣蔵』五段目、山崎街道にも現れる。それは山賊となった斧定九郎がお軽の父与市兵衛を殺して、五十両の金（それはお軽が身を売った給銀の半金である）を奪って立ち去ろうとする所に現れた。

「逸散に来る手負猪是はならぬと身をよぎる。駈け来る猪は一文字。木の根岩角踏み立蹴立鼻いからして泥も草、木も一まくりに飛行ば。あはやと見送る定九郎が。背骨をかけてどつさりと肋へ抜ける二つ玉」——定九郎を猪と勘違いして打ち殺したのは早野勘平である。彼はそれと知らずして舅の仇討ちをしたわけであるが、舅その人を手に掛けたと思い込み、言い訳なさに切腹する（同・六段目）。

猪はいずれかといえばユーモラスなイメージの強い動物だが、古典文学では意外に深刻な場面に登場するのである。

【都《みやこ》鳥《どり》】

都鳥はユリカモメ（百合鷗）の雅称とされる。既に『日葡辞書』に「Miacodori. Camome に同じ。詩歌語」という。小形で体の色は白い。冬羽では頭部は白、雨覆いは銀灰色、夏羽では頭部が黒褐色。嘴と脚は暗赤色。ユーラシア北部で繁殖し、秋日本に飛来する冬鳥。このユリカモメとは別に、ミヤコドリ科に属するミヤコドリがいる。これはやや大形の渡り鳥で、背が黒く、腹は白い。嘴は長くて紅赤色。

*

早く、大伴家持が『万葉集』で「船競ふ堀江の川の水際に来居つつ鳴くは都鳥かも」（巻二〇・四四六二）と歌った都鳥がいずれをさすかは、説の分かれるところである。けれども、在原業平が「名にしおはばいざ言問はむみやこ鳥わが思ふ人はありやなしやと」と問いかけた都鳥は、『古今和歌集』羇旅の詞書で「白き鳥のはしとあしと赤き」というから、百合鷗の都鳥に違いない。そしてこの歌はその長文の詞書とともに『伊勢物語』九段に取り込まれて、東下りの章段のクライマックスとなっている。『勢語』での都鳥の描写は次のごときものである。「白き鳥の嘴と脚と赤き、鴫の大きさなる、水の上に遊びつゝ、魚《いを》を食ふ。京には見えぬ鳥なれば、皆人見知らず」。

おそらく業平のこの歌によってであろう、都鳥は都を思い起こさせる鳥ということで、歌人にとっては大事な鳥になってゆく。天元二年（九七九）春の除目で能登守に任ぜられた源順は、一条大納言藤原為光家での餞の場で「越の海に群れはゐるともみやこどり都のかたぞ恋しかるべき」と歌った。『曽丹集』「あさかやま」の歌には、「やそしまのみやこどりをば秋の野に花見て帰るたよりにぞ問ふ」という、訳のわからない歌がある。「やそしま」はあるいは象潟の古名の八十島であろうか。

『宇津保物語』吹上の上でも、紀伊国吹上で人々が立つ都鳥と鳴く千鳥を詠んでいるが、都以外の地に在って都鳥を詠むというのが一つのパターンになっていったらしい。たとえば、和泉式部の「言問はばありのまにまにみやこ鳥都のことをわれに聞かせよ」（和泉式部集、後拾遺・羇旅・五〇九）は和泉国での詠、相模の「ふるさとを恋ふる寝覚の浦風に声なつかしき都鳥かな」（夫木抄・巻二七）は播磨国飾磨での歌、源俊頼の「名にしおはば知らじなわだの都鳥心づくしのかたはそことも」（散木奇歌集・悲嘆）は摂津国和田岬で都鳥を見ての作、阿仏尼の「言問はむはしとあしとはあかざりしわが住む方の都鳥かと」（十六夜日記）は尾張国鳴海のあたりでこの鳥を見て詠じたものであるというように。彼女は安嘉門院四条といっていた若い頃にも、失恋の傷心を癒そうと東下りして、洲俣川を越えたが、この時には「隅田河原ならねば、言問ふべき都鳥も見えず。……思ひ出でて名をのみしたふ都鳥跡なき波にねをやなかまし」と嘆いた（うたたね）。

隅田川が武蔵国の歌枕として、いわば日本全国の名所百選の一つに入ったのは、建保三年（一二一五）の『内裏名所百首』である。十二名の作者のうち十名までが『伊勢物語』九段を下敷きとして詠んでいる。当然都鳥も詠まれることとなるが、これを「都にてなれし月さへすみだ川言問ふ鳥のうきねのみかは　兵衛内侍」「隅田川名に立つ鳥の都には待つらん月を惜しむ山の端　藤原知家」「名にしおふ鳥に言問ふ隅田川昔の波の跡を恋ひつゝ　藤原範宗」「忘るなよたれのみこゝにすみだ川わが思ふことの鳥の名も憂し　藤原行能」などのように、遠まわしに表現する作者もいた。

橘成季はある殿上人から都鳥を預かったものの、餌もわからないので、動物を飼うことのうまい知人にその飼育を委ねた。この都鳥は建長六年（一二五四）の暮、節分の方違の行幸の際に後嵯峨天皇の「叡覧に備へられ」（古今著聞集・巻二〇）た。このことを伝え聞いた卜部兼直はこの都鳥を取り寄せて見、一首の歌に序を添えた。「都鳥芳名、昔聞二万里之跡一、微禽奇体、今遂二一見之望一、畏悦之余、謹述二心緒一而已　にごりなき御代にあひみるすみだ川すみける鳥の名をたづねつ、　前参河守卜部兼直上」。

異類歌合の『鳥歌合』では都鳥は「いつかみやこどり」と名乗り、「なごりをしどり」の鴛鴦と番えられて、十三番で「網に寄する恋」という題を詠じている。その歌は、「わが思ふ心ばかりをかけ網の目に見ぬ世にもすみだ川かな」。

観世元雅の現在能「隅田川」は、春三月十五日の隅田川べりに展開される哀傷の能である。ここで渡し守は狂女（吉田家の梅若丸の母）に「のう舟人あれに白き鳥の見えたるは、都にては見馴れぬ鳥なり、あれをば何と申し候ふぞ」と問われて、「あれこそ沖の鷗よ」と答え、狂女にたしなめられる。この能は近世に入って演劇その他での、いわゆる隅田川の世界の母胎となった。その隅田川物の一つ、四世鶴屋南北の『隅田川花御所染』（女清玄）では、吉田家の重宝として「都鳥の一巻」なるものが、松若丸の懐中から出て転々と人手に渡る。そしてまた、隅田川渡しの場では、長唄の「都鳥」を使う演出が行われている。が、これ自体は幕末の作曲である。やはり隅田川物の芝居、『都鳥 廓《ながれの》 白浪』（忍ぶの惣太）は河竹黙阿弥（当時は二世新七）が市川小団次と提携するきっかけをなした、記念すべき脚本であった。都鳥の一巻はここでも善人悪人が奪い合う重要な小道具である。

【烏《い》賊《か》】

外敵に遭うと墨を吐いて敵の目をくらます。体色も周囲の条件や刺戟によって変化する。腕は四または五対。硬い甲を持つコウイカ目と軟甲のツツイカ目とに大別される。

*

コウイカ目を烏賊、ツツイカ目を柔魚と記すという説もある（大辞典）。「烏賊」の表記は、『和名抄』に「烏賊伊賀、常自浮二水上一、烏見以為レ死啄レ之、乃巻取レ之、故以名レ之」という、その攻撃的な肉食性の生態にもとづく。このことは『和漢三才図会』にも記され、芭蕉も俳文「烏之賦」で、烏が「終にいかの為に命をあやま」ると述べている。

古くから食用に供されたことは疑いない。『出雲国風土記』嶋根郡の条に、「凡北海所レ捕雑物、志毗《しび》、鮐《ふぐ》、沙魚《さめ》、烏賊、蜛蝫《たこ》、鮑魚《あはび》、螺《さざえ》……」とある。『播磨国風土記』宍禾《しさは》郡の条には、「伊加麻川、大神占レ国之時、烏賊在二於此川一、故曰二烏賊間川一」という地名起源説話が語られているが、淡水産の烏賊というのは存在しないから、これは説話にすぎないとされる。

早く右の『出雲風土記』の叙述に見られるように、同じく頭足類の蛸と並んで言及されることが多い。清元「大和い手向《やまとがな》五字《いつもじ》」(子守)でも、「松前殿様もち物は烏賊蛸なまこにちんのうを」という。『精進魚類物語』でも、「蛸入道が手に相したがふ者共には、鮑、烏賊魚、小蛸魚、鰡の太郎……」とあって、烏賊は蛸の率いる軍団に配属されているのである。

江戸時代には烏賊売りという職業があった。『韻塞』に見える芭蕉の句、「烏賊売の声まぎらはし杜宇《ほととぎす》」は元禄七年(一六九四)の作である。また、『冬の日』こがらしの巻に、「しら〲と砕けしは人の骨か何　杜国／烏賊はゑびすの国のうらかた　重五／あはれさの謎にもとけじ郭公《ほととぎす》　野水」とある。烏賊の調理法の一つに、卯花煎りというのがあった。『庖丁聞書』に「卯の花いりとは、いかを切、薄たれにて煮なり。青味を入べし」とあるので、煮烏賊の料理と知られる。

『梅松論』によれば、元弘の変に敗れて隠岐島に流された後醍醐天皇は、船の底で釣った烏賊に身を隠したという。「敵御船を見たれば、烏賊と云ものにて玉躰を隠し奉る程に、是をば思ひもよらず疑ふべきにあらずとて兵船ども漕過けるこそ目出たけれ」。

『好色一代男』に世之介は幼い時から「同じ友どちとまじはる事も烏賊のぼせし空をも見ず」という。この烏賊は凧《いかのぼり》のことである。

【龍《りゅう》】

「りょう」とも。和語では「たつ」。大蛇に似ているが、角や足があるとされる想像上の動物である。

＊

彦火火出見尊（山幸彦）と結婚した豊玉姫（海神の娘）は鸕《う》鷀草葺不合《がやふきあえず》尊を出産する時に、龍《たつ》に化したとも、鰐に化したともいう。決して見ないでといったのにもかかわらず、山幸彦がのぞき見したので、豊玉姫は海陸通ずる道を閉ざして海に帰ってしまった（日本書紀・巻二）。

龍の頸には五色に光る玉があると考えられていた。『竹取物語』のかぐや姫は求婚者の一人、大納言大伴のみゆきにそれを取ってきてほしいとあつらえる。この話の中で大納言は、「此国の海山より、龍《たつ》はおり上る物也」と言っている。これによれば、龍はふだん海に棲んでいて、時に昇天すると考えられていたのであろう。

猿沢の池の端に「其月の其日、此池より龍のぼらんずるなり」という札を立てたばかりに、天下の大騒ぎを惹き起こした蔵人得業恵印（鼻くら）の話が、『宇治拾遺物語』に語られている。自分がいたずらに立てた札のために大勢の群衆が集まったので、ひょっとしたら本当にそんなことが起こるかもしれないと、自分でも見に行く。「興福寺の南大門の壇の上にのぼりたちて、今や龍の登るか〳〵と待ちたれども、なにの登らんぞ。日も入りぬ」。

近世の儒者清田儋叟の『孔雀楼筆記』には、賀茂の蟻が池に龍が棲むと言い伝えられていたという話が見える。釣をしていたら、池の面に水波がにわかに起こったので、繁った木の中に隠れて、一人の男が見ていたら、「シバシ有テ、池中ヨリ物有テ頭サシ出ス。水面ニアラハル、所、半身バカリト思ハル。龍ニモ蟒《うはばみ》ニモアラデ、マガフベクモナク、甚大ナル鯉魚ニテゾ有ケル。頭ハ馬頭ニ比スレバ、ナヲ大ニアリシトカヤ」（巻之一）というおちがある。ネス湖の怪物の正体もそんなものかもしれない。

同書には引き続いて、明石の森田村の近く、青池という、五十年余り水の涸れたことがないと言われる池から龍が昇天した話を語っている。一人の村人が畠での農作業をおえて、その池で鍬を洗っていたら、一尺余りの蛇が池中から出て、鍬の柄に登ってきた。二、三度払い落としたけれども登ってくるので、鍬の柄で蛇の頭を打った。「蛇飛デ池ニ入ル。何トヤラン怖シカリケレバ、足ハヤク立帰ル。アヤマタズ疾風、黒雲、怒雨、驚雷コレニ従フ。龍アリ池中ヨリ起ル。森田ノ農家十三家ヲ、雲中ニ巻上ゲ、二里余西ナル海手ノ、東嶋西嶋トイフ村ノアタリニテ、空中ヨリ散落ス。コノ夜城下モ雷雨甚シ」（巻之二）。蛇―龍―龍巻―雷が一連のものと考えられていることが知られる。この翌日池のあたりには龍鱗が落ちていたと言い、十二歳だった儋叟自身それを見たという。

『南総里見八犬伝』の最初で、父里見季基にさとされて、結城合戦の場から落ちて行った義実と二人の家来は、三浦半島の矢取の入江において、龍巻の中に白龍の昇天するのを見る。家来の杉倉氏元は輝りかがやく鱗のごときものをちらりと見、義実は尾と足だけを見た。このあと、作者曲亭馬琴は義実をして龍に関するあらゆる知見を語らせている。「その形状を弁ずるときは、角は鹿に似て、頭は駝《うま》に似たり。眼《まなこ》は鬼に似て、項《うなじ》は蛇《へみ》に似たり。腹は蜃《みづち》に似て、鱗は魚に似たり。その爪は鷹の似《ごと》く、掌《たなそこ》は虎の似く、その耳は牛に似たり。これを三停九似といふ。又その含珠《たま》は頷《ほう》にあり。司聴《きく》ときは角を以す。喉《のんど》の下、長径尺《わたりいつしやく》、こゝを逆鱗と名づけたり。物あつてこれに中《あた》れば、怒らずといふことなし。故に天子の怒り給ふを、逆鱗とまうすなり。雄龍《をたつ》の鳴ときは、上に風ふき、雌龍の鳴ときは、下に風ふく。その声竹筒《ふえ》を吹ごとく、その吟ずるとき、金鉢を戞《する》が如し」（巻之一第一回）。

龍の鳴声を写したものが龍笛であるということは、笛の伝書の『龍鳴抄』上巻奥にも見える。すなわち、「龍のないて海にいりにしに、またこゑをきかばやと恋ひわびしほどに、竹を打ち切りてふきたり。こゑにたりき。初めはあな五つをゑりたりき。のちに七つになす。是が故に笛をば龍鳴といふ。また龍吟ともかく。同じ心なり」という。

元永元年（一一一八）十月の『内大臣藤原忠通家歌合』で源俊頼は「恋」の題を、

くちをしや雲居がくれにすむたつもおもふ人にはみえけるものを

と詠んだ。相手の歌は藤原基俊の作である。しかもこの歌合はこの両人が判者であった。俊頼は持としているが、基俊は「雲居がくれにすむ田鶴といふ事、和歌にいまだ見出し侍らず」などと、鶴の故事について長々と述べ立てて、俊頼の作を負、自作を勝とした。しかし、「雲居がくれにすむたつ」とは龍のことで、龍を好んで画に描いていた葉公子高に感じて、龍が姿を現したら、葉公は恐れて色を失ったという故事を詠んだものであった。

仏教においては、龍は八部衆（古代インドの邪神だったが、釈尊に教化され、仏法の守護神となった天部）の一で、八大龍王は雨を司ると考えられていた。それゆえに、承安四年（一一七四）五月、澄憲は龍神に降雨を訴えて効験あり（源平盛衰記・巻三）、反対に源実朝は、建暦元年（一二一一）七月、

時によりすぐればたみのなげきなり八大龍王雨やめたまへ　（金槐和歌集・雑）

と祈念したのである。

文学植物園を夢想する

「かけがえのない地球環境を守ろう」というスローガンも声高に叫ばれてはいるのだが、人間の飽くなき経済効果追求の行為に伴って、自然破壊はとどまることを知らない。年々なまの自然は身のまわりから遠ざかっている。動物・植物の絶滅種、絶滅の危機に瀕している種がふえ続けているという。秋の七草の一つ、藤袴もこの頃は滅多に見られない秋草となってしまった。

それとともに、木や草を知らない、また知ろうともしない若い人々がふえているようだ。教室で試みに、忍ぶ草はノキシノブのこと、忘れ草は萱草、ヤブカンゾウのことと説明して、知ってるでしょうと聞くと、知らないという。在原業平の「からころもきつつなれにしつましあればはるばるきぬるたびをしぞおもふ」の歌は、「かきつばた」の五字を各句の頭に据えた折句の歌だといっても、そもそも杜若《かきつばた》の花を知らない。だから、「菖蒲《あやめ》燕子花《かきつばた》はいづれ姉やら妹やら」（京鹿子娘道成寺）という言いまわしのおもしろさも、おそらくわからないだろう。困ったことである。

木や草を知らないと、歌や句の妙味はわからない。たとえば、春の七草の一つ、薺《なずな》という草は、春もたけなわになると茎を延ばして小さな白い花をつけることを知らなければ、

よくみれば薺花さく垣ねかな

という芭蕉の句の心もわからないし、

望《メバ》二長安城《ノ》之遠樹《ヲ》一　百千万茎《ノ》薺青《シ》　（和漢朗詠集・眺望）

という源順の秀句での比喩のおもしろさもピンとこない。古典文学にしばしば取り上げられる夕顔をヒルガオ科の園芸植物の夜顔（よるがお）と同じだと思っていると、『源氏物語』の夕顔の女君が夜会服を身にまとったバタくさい美女としてイメージされてしまいそうだ。

昔の人々が木や草から何を感じたのか、木や草に托して何を言おうとしたのか、言ってみれば木や草を通して日本人の精神史を探ることは、好事家的な興味を満足させる以上に、十分意味のあることであろう。そのような意図があって、この特集は企画された。かつて本誌（『國文學』）が試みた「古典文学動物誌」（一九九四年一〇月臨時増刊号）のいわば姉妹篇である。

このたびも編集部の依頼で、かなり高い頻度でさまざまなジャンルの古典文学に登場する植物、必ずしも頻度は高くはないけれども、ある種のジャンルや作品を理解する上には是非とも知っておきたい植物などを、思いつくままに書き連ねてみた。次に、それらのおのおのについて、最もイメージしやすい季節はいつかを考えて、大まかに四季に分けた。季節を特定しにくいものは「雑」とした。

以上が本特集の中心をなす、一四五から成る項目群である。これに「拾遺」として、さほど頻出しないけれども注目される植物、古典文学に登場することが意外に感じられる植物、植物学的に確定しがたい植物、架空の植物、仏典の植物などを取り上げた。「忍草」「忘草」は古典に頻出する植物だけれども、二つを対比させせようと考えて、ここに入れた。

項目として書き出しておきながら見送ったものもある。たとえば、「芋」「海苔」など。「瓜」「百合」

などといった、特定の種ではなく、包括的な植物名をも立項したのだから、「芋」や「海苔」もあって当然なのだが……。「芋あらふ女西行ならば哥よまむ」という芭蕉の句の芋はどんな芋だろうか、里芋だろうか、『徒然草』六〇段の盛親僧都の好物だった「芋頭」はきっと里芋だろうなどと思いながら、ついそのままになってしまった。「海苔」も、いろいろな種類の海苔の例を拾ってみよう、「海」と「法」の掛詞の歌もあったっけなどと思いながら、御蔵入りとなってしまった。

自身でイメージを描きにくいので、気にしながら見送った植物もある。たとえば、令法。リョウブ科の落葉小高木のリョウブ、古名ハタツモリ。その若葉は煮て食べられるという。ハタツモリの名は「畑の守」の意とも、「幾千の白旗が積もるように白い花が群れ咲く姿をいう」(『原色牧野植物図鑑』)ともいわれる。この木は能因や源俊頼・藤原信実などが歌に詠んでいる。まず能因は、「はやう見し人の、令法《りやうぶ》といふものを一枝おこせたるに、かういひやる」として、「今よりはみ山がくれのはたつもり我うち払ふ床の名なれや」(能因集・中)と歌う。俊頼は『永久百首』で「忍恋」の題を、「奥山の岫《くき》がくれなるはたつもり知られぬ恋に通ふころかな」と詠む。令法は隠し妻のように扱われている。信実の作は、「はたつもり積もりし雪の消えぬればしづがすさびに若葉摘むらし」(現存和歌六帖)というので、食用としての令法を歌ったものである。これらの例は拾ったのだが、図鑑の挿絵だけでは何とも感じがわからないので見送った。「拾遺」の原稿を送ってしまったのち、息抜きに箱根に行った。もはやシーズン・オフで閑散とした強羅公園を散歩したら、「令法」という札を付けた木を見た。「初めまして」というわけで、スナップを撮った。しかし、花を見ていないから、まだ付き合いはじめたという段階である。

このようなたぐいの木草がまだまだある。が、残しておくのも悪いことではない。

今夢想していることは、いささかでも文学作品に出て来る植物を取り上げて、植物分類学者、そして植物撮影の専門写真家と一緒に、文学植物図鑑を作ることである。いわゆる万葉植物については、そういう本はすでに出来ている。『源氏物語』の植物についても、美しい写真集があったと思う。が、それを古典文学全体に、さらには近代文学にも押し拡げて、作ってみたい。それは日本人の精神史を尋ねるにとどまらず、衣食住の文化を辿り直す作業になるだろう。そして、それと並行して、もしも利潤の追求を第一に考えない篤志家によって、文学植物園が開設されたならば、どんなにか有益で、同時に憩いの場所となることだろうか。園の中央には大きな菩提樹を植えよう。その園はなにがしランドやなにがしシーのような喧騒や消費とは無縁な、思索と安息の庭となるに違いない。

【蕨《わらび》】

シダ類イノモトソウ科の多年生草本。日当たりのよい山野に生え、早春地中の根茎から人の拳状に巻いた若葉を出す。これが「早蕨」で、食用となる。伸びきった葉や葉柄が「蕨のほどろ」。地下の根茎からとれる澱粉が「蕨粉」で、蕨餅の材料となる。春の季語。

*

古代中国で、伯夷・叔斉の兄弟が周粟を食むことを潔しとせず、首陽山に隠れ、蕨を食ってついに餓死したと『史記』に語るように、早くから人間に親しみ深い植物、『梁塵秘抄』では「聖の好むもの」の一つとされている。
『万葉集』巻八、志貴皇子の「石《いは》ばしる垂水の上の早蕨の萌《も》え出づる春になりにけるかも」は、「懽御歌」の題詞を有する、早春にふさわしい一首である。小野篁は紫褐色の細毛に包まれている早蕨を、「紫塵嫩《ノわかキ》蕨《ハ》人拳《にぎル》レ手《ヲ》」（和漢朗詠集・春・早春）と詠じた。『堀河百首』では「春二十首」中に「早蕨」がある。この題で「紫の塵うち払ひ春の野にあさる蕨のものうげにして」（藤原顕季）の作は、右の篁の詩句による。「春来れど折る人もなき早蕨はいつかおどろにならむとすらむ」（同・源俊頼）は「蕨のほどろ」を詠んだもの。『方丈記』によれば、鴨長明は草庵に「蕨のほどろを敷きて夜の床」とした。

「春日野の草は焼くとも見えなくに下もえわたる春の早蕨」（堀河百首・藤原公実）のように、「萌ゆ・燃ゆ」の掛詞もしばしば用いられる。『古今集』物名の「煙立ちもゆともみえぬ草の葉をたれかわらびと名づけそめけん」（真静）は、この掛詞に加えて「蕨」から「藁火」を連想させようとした。蜀山人は「早蕨のにぎりこぶしをふりあげて山の横つら春風ぞ吹く」（巴人集）と興じた。

『源氏物語』宇治十帖のうち「早蕨」の巻は、宇治八宮なきあと、山の阿闍梨が「蕨、つくづくし」を「をかしき籠《こ》」に入れて、「君にとてあまたの春をつみしかば常を忘れぬ初蕨なり」の歌とともに献じたので、中君が「この春はたれにか見せむなき人のかたみに摘める峰の早蕨」と返歌したことにもとづく命名。『枕草子』によれば、清少納言は「賀茂の奥にほととぎすを聞きに行って、高階明順の田舎家で「この下蕨は手づから摘みつる」という手料理を御馳走になって帰った。そして皇后定子に「下蕨こそ恋しかりけれ」とからかわれて、「ほととぎす尋ねて聞きし声よりも」とこれに付句している。蕪村の「わらび野やいざ物焚《た》かん枯つゝじ」は蕨取りの寸景を写した句。

【杜若《かきつばた》】

アヤメ科の多年草。池や沼などの湿地に生える。初夏、花茎の先に大型の紫、まれに白の六弁花を咲かせる。同じ科のアヤメと似ているが、アヤメはやや乾燥した草地に生える。古くは「かきつはた」といった。一説に、その花の汁を染料としたことから、「掻付花」または「書付花」が転じたという。別名「かほよばな」（容佳花）は、その花の美しさからいう。漢字表記は「燕子花」「杜若」などであるが、ともに誤用という。

＊

早く『万葉集』に「かきつはた」として七首の歌に詠まれている。そのうちの一首、「加《か》吉《き》都《つ》播《は》多《た》衣《きぬ》に摺り付けますらをの着襲《そ》ひ狩する月は来にけり」（巻一七）は、天平十六年（七四四）四月五日大伴家持が「平城《なら》故郷の旧宅」で詠じたもの。この頃から初夏の花と見られていたと知られる。特定の地名とともに詠まれた例は、「常ならぬ人国山の秋津野の垣津幡《かきつはた》をし夢《いめ》に見しかも」（巻七）、「住吉《すみのえ》の浅沢小野の垣津幡衣《かきつはたきぬ》に摺り付け着む日知らずも」（同）、美しさの形容として用いられた例は、「我のみやかく恋すらむ垣津旗《かきつはた》につらふ妹《いも》はいかにかあるらむ」（巻一〇）など、「咲き」から「さき」という音にかかる枕詞としての例は、「垣津旗《かきつはた》佐紀沢に生ふる菅の根の絶ゆとや君が見えぬこのころ」（巻一二）など。

平安時代に入ると、『古今集』での在原業平の「かきつはたといふ五文字を句の頭に据ゑ」た折句の歌、「唐衣着つつなれにしつましあればはるばるきぬる旅をしぞ思ふ」（羇旅）の歌が、「三河の国八橋といふ所に至れりけるに、その川のほとりにかきつばた、いとおもしろく咲けりけるを見て」詠まれたという。

この話は『伊勢物語』九段のいわゆる東下りの段で歌物語とされ、室町時代には鬘物の夢幻能「杜若」の拠り所となる。この能のシテは物着で初冠・長絹の姿となって、「まことはわれは杜若の精なり。植ゑ置きし昔の宿の杜若と、詠みしも女の杜若に、なりし謂《いは》れの言葉なり」と名乗り、業平は極楽の歌舞の菩薩の化現であると言って、業平と二条の后高子の恋物語をほのめかし、東下りを語り、草木国土悉皆成仏をたたえて、消え失せる。この曲で「植ゑ置きし昔の宿の杜若」と引かれるのは、『後撰集』に載る良岑義方の歌、「いひそめし昔の宿の杜若色ばかりこそ形見なりけれ」（夏）である。同集詞書によれば、義方が通っていた藤原のかつみの命婦が他の男と恋仲になった後、「かきつばたにつけて」送った歌であるという。このことは「かつみ」と呼ばれる草花が杜若に似通っていると考えられていた証拠となるのではないか。

また、能「杜若」の終わり近くには「色はいづれ、似たりや似たり、杜若花あやめ」という句がある。まだ松尾宗房の名で句作していた二十三、四歳の頃の芭蕉の「杜若にたりやにたり水の影」は、この謡曲の文句取りである。さらに、安永九年（一七八〇）初演の浄瑠璃『碁太平記白石噺』第七新吉原の段で、大黒屋の亭主惣六が斬りかかる宮城野・おのぶの姉妹を鏡でおさえて、「此の鏡台の鏡にうつる二人の顔、似たりや似たり、花あやめ杜若」というのも、同じ文句取りであろう。

最初に記したように、漢語「杜若」はじつはカキツバタではなく、ヤブミョウガという多年草のことであるという。白居易の新楽府「昆明春」の「洲香杜若抽レ心短、沙暖鴛鴦鋪レ翅眠」という詩句に歌う「杜若」もこれなのであるが、日本ではこれをカキツバタと見なして、この句を『和漢朗詠集』雑・水に採った。その際、「抽レ心短」の「短」を、カキツバタの花の姿に合わせて、「抽心長」と改めている。

本来初夏の花であるカキツバタは、『堀河百首』では暮春の花と見なされ、「春二十首」のうちに入れられている。ここで藤原公実は「花かつみまじりに咲けるかきつばたたれしめさして衣に摺るらん」と歌うが、先の『後撰集』義方の歌と同様、「花かつみ」とカキツバタに類似したイメージを抱いているのであろう。大江匡房の「風吹けば岩垣沼のかきつばた浪の折るにぞまかせたりける」は、音の類似から「垣」を連想し、藤原基俊の「鳰鳥《にほどり》のかづく池辺のかきつばたこれこそ夏の隔てなりけれ」は、やはり「垣」への連想から「隔て」と続けた。

藤原俊成の『五社百首』も堀河百首題を用い、春の歌として、賀茂奉納の百首では「神山や大田の沢のかきつばた深き頼みは色に見ゆらん」と歌う。大田神社は賀茂神社の摂社で、今に知られる杜若の名所である。俊成の息定家は「一句百首」で「おもだかや下葉にまじるかきつばた花踏み分けてあさる白鷺」と美しい花鳥画を描いてみせた。

先に若年の時の句を引いた芭蕉は、その後も何度か発句に杜若を吟じている。「杜若われに発句のおもひあり」（貞享二年、鳴海の知足亭にて）、「杜若語るも旅のひとつ哉」（同五年、大坂にて）、「有難きすがた拝まんかきつばた」（同年、山崎宗鑑屋鋪）など。最後の句は「宗鑑が姿を見れば餓鬼つばた」という「近衛どの」の狂句を踏まえる。許六は「百花賦」でこの花を「のぶとき花也。うつくしき女の盜して、恥をしらぬに似たり」と見立てた。

四世鶴屋南北は文化十二年（一八一五）『杜若艶色紫《かきつばたいろもえどぞめ》』を書き、板に載せる。佐野次郎左衛門の八つ橋殺しに土手のお六がからむ歌舞伎狂言、舞台に沢山の杜若が咲く。

【榎《えのき》】

ニレ科の落葉高木。関東以南の暖地に多く、十〜二十メートルほどの高さになる。初夏淡黄色の花を咲かせ、球形の小核果がなる。江戸時代には街道の一里塚に植えられた。材は薪炭や器具などに用いられる。「榎の花」は夏の季語。じつは、漢字の「榎」はエノキとは別の植物をさすという。

*

エノキは早く『万葉集』に、「我が門《かど》の榎《え》の実もり食《は》む百《もも》ち鳥千鳥は来れど君そ来まさぬ」（巻一六）と歌われている。『常陸国風土記』にも、行方郡板来（現在の潮来）の近くに「榎木林を成せり」と記されている。『日本書紀』巻二一に蘇我馬子と物部守屋との戦いを記すが、この時守屋は「朴《えのき》の枝間《また》」に昇って、矢を雨のごとく射たという。番外謡曲「守屋」にも「朽榎木」の語が見える。和歌に詠まれることはまれであるが、『夫木和歌抄』巻二九には、「櫝」として藤原為家の「川ばたの岸のえの木の葉を茂み道行く人の宿らぬはなし」という、「貞応三年百首」のうち「木二十首」での詠を掲げる。

古典文学で有名な榎は、『徒然草』四五段に語られる、良覚僧正の僧房の傍に生えていた榎にとどめをさす。「坊のかたはらに大きなる榎《え》の木のありければ、人、榎の木の僧正とぞいひける。この名、しかるべからずとて、かの木を伐《き》られにけり」。しかし、そのあとも「切杭の僧正」「堀池《ほりけ》の僧正」と渾名は付いてまわる。この話はわかったようで、今一つはっきりしないことがある。良覚はどうして「榎の木の僧正」といわれることを嫌がったのだろうか。ただ大きな木というだけで、桜のように美しい花を咲かせるわけでもない榎に対して、怒りっぽい良覚は常日頃から憎らしく思っていたという程度のことなのであろうか。

榎と椋《むく》は似通った感じの木なので、連想しやすい。西行は「闇の夜に大椋の木の下ゆかし」という前句に対して、「えのきもあへぬことにもぞ遭ふ」（西行上人談抄）と付けて、人人に感嘆された（「椋」の項参照）。芭蕉に「榎《え》の実ちるむくの羽音や朝あらし」（笈日記）の句がある。小さな豆ほどの榎の実は椋鳥・ひよどりなどの好物であるという。「榎ふりて蔦を鱗の竜紅《くれなゐ》」は『虚栗』での羊角の句。蔦のからまる榎を竜に見立てている。『江戸名所図会』巻之四に記載する赤塚松月院の榎は、三遊亭円朝の怪談噺「乳房榎」を生んだ。

【椋《むく》】

ニレ科の落葉高木。本州中部以南の山野に自生する。高さは二十メートルほどになる。長卵形の葉の面はざらざらしており、物を磨くのに用いる。春、淡緑色の花を咲かせ、球形の核果は秋に熟して紫黒色となり、食べられる。「椋の実」は秋の季語。

＊

清少納言は椋の落葉について、「九月つごもり、十月の頃、……黄なる葉どものほろほろとこぼれ落つる、いとあはれなり。桜の葉、椋の葉こそ、いととくは落つれ」(枕草子)という。平安時代、内裏の紫宸殿の前庭には椋の木が生えていたらしい。金刀比羅本『平治物語』では、待賢門の軍で、悪源太義平が平家の大将軍重盛と組もうとして、「大庭の椋の木を中に立て、左近の桜、右近の橘を」何度も廻って追いかけたので、「かなはじ」と思った重盛は一旦退いた、と語られる。『宝物集』の冒頭近くでも、東山の庵を出て嵯峨の釈迦堂へ向かう平康頼入道性照は、「中御門の門を入て、大膳職・陰陽寮など打過て、大庭のむくの木を見るに」として、白馬の節会にこのあたりで検非違使が軽罪を犯した者を糺問した話を思い出して、自身がかつて同様な公務に携っていたことを悔やんでいる。

『西行上人談抄』に、大原の寂念(寂然とも)の庵室で「おそろしきこと」を連歌にしようということで、壱岐入道相空の「闇の夜に大椋の木の下ゆかし」という前句に西行が「えのきもあへぬことにもぞ遭ふ」と付け、人々が感嘆したという。「大椋」に「榎」と付け、その「榎」は「え退《の》きもあへぬこと」（のっぴきならないこと）を掛けている。『建礼門院右京大夫集』には、椋の実六粒を送られて歌を返すことが記されている。古典和歌に詠まれることは少ないが、頓阿の『続草庵集』巻四の物名の歌、「木名十」で、「月待つとしばし眠らで端近き真木の戸寒く立つは悲しき」と、「寒く」に「むく」を詠み入れている。

俳諧ではめずらしくない素材であろう。「むくの木のむく鳥ならし月と我」（桐雨）、「椋の実や一むら鳥のこぼし行く」（漢水）、「むく鳥の椋の葉ちらす初しぐれ」（傘狂）。「椋の落葉宿に磨かん物もなし」（白雄）などと詠まれている。白雄の句は物を磨く料としての椋の葉を詠じたもの。平安の昔から、木賊《とくさ》とともにこの目的で用いられてきた。源俊頼は藤原顕輔の秀歌を「椋の葉磨きして、鼻脂引ける御歌なり」（無名抄）と言って賞めている。なお、「木賊」の項をも参照。

【木賊《とくさ》】

シダ植物トクサ科の多年生常緑草本。根茎は地中を横に長く延びる。円筒形の地上茎は緑色で直立し、枝分れしない。葉は小さく黒褐色で、節に輪生し、鞘状になっている。穂は土筆《つくし》の穂に似ていて、茎の先端に付く。茎は珪酸を含み、堅いので、物を磨くのに用いる。トクサという名も「砥草《とくさ》」の意であるという。

*

古典文学でも木賊は椋《むく》の葉とともに、物を磨く材料として取り上げられることが多い。『小大君集』に「昨日使ひしとくさの落ちて、露のかかりたりけるを、朝《あした》に人の取り上げたりければ　信濃野のとくさにおける白露は磨ける玉と見えにけるかな」というのは、その比較的早い例であろうか。『栄花物語』巻十五「うたがひ」では、藤原道長の発願によって造営された法成寺の板敷は「とくさ、むくの葉、桃の核《さね》などして、四五十人が手ごとに居並《な》みて磨き拭《のご》ふ」という作業を経ていたという。源俊頼は物名の歌で「とくさ、むくの葉」を題として、「ほどもなくとく寒く野はなりにけり虫の声々弱りゆくまで」（散木奇歌集・第十雑下）と詠んでいる。

先の小大君の歌で「信濃野のとくさ」というのは、木賊の主産地が信濃であったことによる。源仲正は「とくさ刈る園原山の木の間より磨き出でぬる秋の夜の月」（夫木抄・巻二〇）、寂蓮は「とくさ刈る木曾の麻衣《あさぎぬ》袖ぬれて磨かぬ露も玉と散りけり」（新勅撰集・雑四）と詠んでおり、信濃も園原や木曾のあたりで刈り取られるものと見なされていたらしい。四番目物の能「木賊」は、信濃国園原の伏屋の里を舞台として、子を「行方も知らぬ人に誘はれ」て失った、木賊を刈る尉（シテ）が、旅僧の一行に伴われているその子松若と再会する物語である。その謡には「いざいざ木賊刈らうよ、いざいざ木賊刈らうよ、刈るや木賊の言の葉は、いづれの詠めなるらん」として、右の仲正や寂蓮の歌を引き、ワキ僧の問いに対してシテは「園原山の木賊は、名所といひ名草といひ、歌人の御賞翫なれば、手づから刈り持ち、家づととこころざし候」と答えている。

一方、脇狂言の「末広がり」では「心も直《すぐ》にない者」が太郎冠者に「骨に磨きを当てていふも、この骨。物の上手がとくさ、むくの葉をもつて七日七夜磨いたによつて、撫づればこのごとくすべすべ致す」といって、傘を末広がりと偽って売り付けている。『きのふはけふの物語』には、とくさで作った草鞋を履いたので、足の裏がすれて足首ばかりになってしまったという笑話を載せている。

【茶《ちゃ》】

ツバキ科の常緑低木。高さは一メートル内外。葉は長楕円形で濃緑色、表面に光沢がある。十月頃葉腋に白い五弁の花が咲く。果実は一年後に成熟する。原産地は中国南部の山岳地帯かという。今日では中国・インド・スリランカ・日本などで広く栽植され、その若葉を摘んで緑茶や紅茶を製する。「茶摘み」は春の季語、「茶の花」は冬の季語。

＊

日本の古典文学に登場する茶は、多くの場合、植物としての茶ではなく、飲料・嗜好品としての茶である。まず喫茶の習慣が中国から伝えられ、かなり遅れて茶の種子がやはり中国から齎されて、日本においても栽植されるようになったのである。初め中国から伝えられた喫茶の方式は団茶であった。茶葉を蒸したのちに臼で搗《つ》き、固めたものを粉末にして、湯に入れて飲む方式である。そして、たとえば『文華秀麗集』で錦部彦公が「相談酌二緑茗一。煙火暮雲間」（題二光上人山院一）と詠じたごとく、喫茶の風習は漢詩人の賦すところとなる。右の詩句では「緑茗」が茶を意味する。やや時代が下って、太宰府に憂悶の日々を送る菅原道真は、「煩懣結二胸腸一起飲茶一盞　飲了未二消磨一　焼レ石温二胃管一　此治遂無レ験　強傾酒半盞」（菅家後集「雨夜」）と、茶によって胸のわだかまりを消そうとして果たさず、酒盃を傾けている。茶と酒とが対比されているのだが、同様の対比は室町時代の『酒茶論』にも見られる。

中国では宋の時代に粉末にした葉茶に湯を注いで立てる抹茶の方式が始まったが、これを日本に伝えたのが入宋僧栄西である。この時彼は茶の種をも持ち帰り、以後日本での栽植が始まった。栂尾《とがのお》茶は栄西が明恵に贈った種によるもので、本茶として喧伝されるに至る。本地に対して、宇治など栂尾以外の土地で産する茶は非茶と呼ばれた。『吾妻鏡』建保二年（一二一四）二月四日の条に「将軍家聊御病悩。……是若去夜御淵酔余気歟。爰葉上僧正候二御加持一之処。聞二此叓一。称二良薬一。自二本寺一召二進茶一盞一。而相二副一巻書一令レ献レ之。所レ誉二茶徳一之書也。将軍家及二御感悦一云々」という。「将軍家」とは源実朝、「葉上僧正」は栄西、そして「所誉茶徳之書」というのは『喫茶養生記』である。植物としての茶について「茶経曰、葉似二梔子葉一、華白如薔薇也」という他、茶の功能、採茶の時節、茶の製法、喫茶法などにつき、具体的に説く。

南北朝から室町の頃には、本茶と非茶とを判別する闘茶と称する遊戯も盛んに行われた。二条良基の連歌論書『十問最秘抄』では花実の問題を論じて、「たとへば本の茶のごとし。花香は己が持ちたれども、調じ様によりて晴には出づるなり。いかに栂尾、宇治茶などにてありとも、仕立てわろくては、己が花香もいたづら事なり」と述べている。また正徹の言談を録した『正徹物語』でも、歌の数寄を茶の数寄になぞらえて説いた部分で、「茶飲み」「茶くらひ」について、「茶飲みといふ者は、別而茶の具をばいはず、いづくにても十服茶などをよく飲みて、宇治茶ならば、三番茶なり、時分は三月一日わたりにしたる茶なりとも飲み、栂尾にては、これはとばたの園とも、これは嵯峨ざまの園とも飲み知るやうにて、その所の茶と、前山名金吾などのやうに飲み知るを、茶飲みといふなり」「茶くらひといふは、大茶碗にて、簸屑《ひくづ》にても吉き茶にても、茶といへば飲みゐて、さらに茶の善悪をも知らず、多く飲みゐたるは、茶くらひなり」という。

このような喫茶の風習の流行は狂言にも反映し、「清水」「お茶の水」「茶壺」「通円」などの作品を生んでいる。「清水」で主は「天下治まりめでたい御代でござれば、この間のあなたこなたのお茶の湯は、おびただしいことでござる」と言い、「お茶の水」の住持は「明日は晴な茶の客がござるによつて、新発意《しんぼち》を呼び出だし、野中へ清水を汲みにつかはさうと存ずる」と言っている。「通円」は能の「頼政」をもじった狂言で、シテは宇治橋のたもとの茶屋坊主通円の幽霊をシテとする。この茶の湯は茶道として芸術の域に高められ、多くの茶書を生んだ。それらの中でも、『山上宗二記』『南方録』などは茶書の古典として著名である。

中国の明の代に始まった煎茶法は、葉茶を急須に入れ、湯を注いで茶を淹《い》れる方法である。日本には江戸初期にこの方法が移入され、喫茶の風習が大衆化した。芭蕉の「馬に寝て残夢月遠し茶のけぶり」というのは、もとより庶民が朝茶を煮、朝食を炊《かし》ぐ火の煙を捉えたもの。そこで淹れられる茶はおそらく番茶であろう。「山門を出れば日本ぞ茶摘うた」という菊舎の句は、煎茶法を日本に伝えたとされる隠元が開いた宇治の黄檗山《おうばくさん》万福寺の中国風の山門に、玉露の産地宇治の茶摘み歌を取り合わせた。歌舞伎舞踊「六歌仙容彩《すがたのいろどり》」のうち「喜撰」には、「今日の御見《ごげん》の初むかし」と、銘茶の呼び名が唄い込まれている。

植物としては、その白い花が主として俳諧で、『あら野』での「茶の花はもののついでに見たる哉」（李晨）、『五車反古』での「茶の花や隠者がむかし女形」（鉄僧）など、いずれも地味な花として取り上げられる。しかし、『猿蓑』の「みのむしの茶の花ゆゑに折られける」（猿雖《えんすい》）では、この花を鑑賞しようとしている。幕末には加納諸平が「つみて煮んこのめのはるを近みとやさ枝の花のまづかをるらん」（柿園詠草）と、短歌でも歌った。

【松《まつ》】

マツ科マツ属に分類される常緑針葉樹の汎称。アカマツ・クロマツ・ゴヨウマツなどがある。高木で、いずれも三十乃至四十メートルにもなる。アカマツは山野に、クロマツは海岸近くに生える。建材とされる他、松明《たいまつ》の材料や門松などに用いられ、単に「松」の語で松明や門松を意味する場合もある。

＊

松は常緑で樹齢が長いことから、古くから神聖な樹木と考えられてきた。「茂岡に神さび立ちて栄えたる千代松の木の歳の知らなく」（万葉・巻六・紀鹿人）には、そのような古人の感じ方が表されている。『常陸国風土記』久慈郡の条には、「松沢の松の樹の八俣の上」に天より立速男命《たちはやおのみこと》という神が降臨して、その祟りは甚しかったと伝える。「み吉野の玉松が枝《え》は愛《は》しきかも君がみ言《こと》を持ちて通はく」（万葉・巻二・額田王）では、美称「玉松」をもって呼ばれている。

海岸などではしばしば松原を形作る。「我が背子が使ひ来むかと出立《いでたち》のこの松原の今日か過ぎなむ」（万葉・巻九・作者不詳）は、紀伊国の海岸の松原の詠。一本松もよく目立つことから、「一つ松」と歌われることも多い。「尾張に　直《ただ》に向かへる　尾津の埼なる　一つ松　あせを　一つ松　人にありせば　太刀《たち》佩《は》けましを　衣《きぬ》着せましを　一つ松　あせを」（古事記・中）、「思ひ出づや美濃のを山の一つ松契りしことはまたも忘れず」（伊勢集）などはその例。西国と京を結ぶ航路に当たる鳴尾の浦の一本松は「鳴尾の松」としてしばしば歌われた。「鳴尾に松の木立てり　鳴尾なる友なき松のつれづれとひとりもくれに立てりけるかな」（散木奇歌集）。

西国筋の松といえば、「たれをかも知る人にせむ高砂の松も昔の友ならなくに」（古今・雑上・藤原興風）と歌われた播磨国高砂の松も有名である。『古今集』仮名序で「高砂、住の江の松も相生のやうに覚え」というところから、世阿弥は脇能「高砂」を作った。ここではシテの住吉明神が、「われ見ても久しくなりぬ住の江の岸の姫松幾代へぬらん」（古今・雑上・読人しらず）の歌を詠ずる。世阿弥にはやはり脇能の「老松」の作もある。ここでは老松が「神松」と崇められている。

陸奥で知られた松としては、武隈の松や阿古屋の松がある。武隈の松は陸奥の国府近くの、根元から幹が二本別れて生えている松で、枯れると植え継がれた。「植ゑし時契りやしけん武隈の松をふたたび相見つるかな」（後撰・雑三・藤原元善）、「武隈の松は二木を都人いかがと問はばみきと答へむ」（後拾遺・雑四・橘季通）、「武隈の松はこのたびあともなし千歳を経てやわれは来つらん」（同・能因）などと詠まれ、芭蕉も訪れて、「武隈の松にこそめ覚むる心地はすれ」（おくのほそ道）と感嘆している。阿古屋の松は藤原実方の奥州下向に関連して『古事談』第二や『平家物語』巻二・阿古屋之松に語られ、「陸奥のあこやの松に木隠れて出づべき月の出でもやらぬか」という歌が伝えられている。

その他、古歌で知られた松には、紀伊国岩代の結び松、因幡山の松、近江の唐崎の松などがある。岩代の結び松は、藤白坂で絞首された有間皇子が「岩代の浜松が枝を引き結びま幸《さき》くあらばまたかへりみむ」(万葉・巻二)と詠んだもので、後人によって「岩代の野中に立てる結び松心も解けずいにしへ思ほゆ」(同)と偲ばれた。因幡山の松は在原行平の「立ち別れ因幡の山の峰に生ふる松とし聞かば今帰りこむ」(古今・離別)で知られる。和歌ではこのように「松」に動詞「待つ」を掛けて歌うことが多い。この歌に同じ行平の須磨流謫の伝承を取り合わして作られた能が「松風」である。唐崎の松も一本松で、古く「われ見ても昔は遠くなりにけりともに老木の辛崎の松」(続拾遺・雑上・藤原為家)と歌われているが、有名なのは「辛崎の松は花より朧にて」という芭蕉の句である。

『和漢朗詠集』『新撰朗詠集』や『堀河百首』では、「雑」の題に「松」を立てる。『新撰朗詠集』に見える大江以言の「秦皇泰山雨」という句は、秦の始皇帝が泰山で雨に降られた際、松の木陰に立ち寄って濡れなかったことを賞して、松に五位を授けた故事にもとづく。五位の通称を大夫ということから、遊女の最上位を意味する太夫(太夫職)を「松の位」という。「松の位の外八文字、派手を見せたる蹴出し褄」(長唄・松の緑)はその例。『堀河百首』で藤原基俊が「宮木引く人もすさめぬ松が枝は谷の底にて年老いにけり」と歌うのは、白楽天の新楽府「澗底松」により、述懐の意を寓したものか。同じ百首での隆源の

「冬寒み後にしぼむといふなれど変らざりけり松の緑は」は、『古今集』の「雪降りて年の暮れぬる時にこそつひにもみぢぬ松も見えけれ」（冬・読人しらず）とともに、『論語』の「歳寒、然後知㆓松栢之後㆒㆑彫也」（子罕）による。同じく、常緑不変であることから、「玄冬素雪之寒朝　松彰㆓君子之徳㆒」（和漢朗詠集・源順）といわれ、松は「貞木」（十訓抄・第六）とも賞せられた。

本居宣長は「梅は飛ぶ桜は枯るる世の中に何とて松はつれなかるらん」という伝承歌について論じている（玉勝間）。この歌などをも利用して作られた浄瑠璃『菅原伝授手習鑑』で、松は菅原道真に陰ながら忠義を尽くす松王丸という牛飼い童に人格化された。その道真の神霊は北野に一夜のうちに松林をはやして鎮座したという一夜松の伝説が、『大鏡』その他に見える。

桜

『和漢朗詠集』の巻上は四季の詩句と和歌を集めている部分であるが、その春の部で見出しとされている植物は、梅・紅梅・柳・花・藤・躑躅《つつじ》・款冬《くわんどう》（山吹）である。「桜」という見出しはないが、もとより「花」が桜を意味しているのである。このように単に花といっただけで桜をさすのは平安時代からのことで、奈良時代においてはまだ花＝桜という図式は成立していなかったらしい。「花見」といって「桜見」ということはなく、「花便り」といえば普通桜の開花状況を知らせる便りをさす現代のわれわれ日本人の感覚は、平安時代以降馴致《じゅんち》されてきたものであるといってよいのであろう。辞書の類で「国花」の項を引くと、日本の国花は桜または菊としている。菊は皇室の紋章なので国花なのであろうが、桜は平安以来ほとんど大部分の日本人が愛してきたために国花とされたのであろう。それにしても、考えてみれば国花という観念もわかったようでわからない。法律に疎いのだが、とくに桜と菊を国花と定めると規定した法律があるとは聞いていない。菊はともあれ、桜の場合はおそらくおのずから日本の花のように考えられてきたのであろう。そして江戸時代にはそのような考えは普遍的になっていたらしい。一茶に、

我朝は草もさくらを咲きにけり

という句がある。もとより桜草を吟じたのであるが、桜が「我朝」の花という観念を前提としていることは明らかである。日本古典文学大系『蕪村集 一茶集』ではこの句について、「この種の数句があるために、戦時中、おろかにも一茶を愛国者として弁護する者があった」という。一茶の校注者は川島つゆ氏である。

花に政治を介在させたくない。国花というのは煩わしい観念である。とはいうものの、桜はやはり日本人がいかにも好きそうな花であるとはいえるのではないだろうか。まずその花の構造はじつに単純明快である。八重桜となると必ずしも単純とはいえないが、しかし牡丹のような重苦しいまでの豪華さはない。薔薇やチューリップのような花の色や形の変化もあまり求めがたい。薔薇のような高い芳香、牡丹のような強い香りを伴っているわけでもない。そして、その観賞のし方は、目を近づけて花の形を一つずつ些細に眺めるというのではなくて、やや距離を置いて雲か霞のように空間を満たしている集合体としての花を望み見るのが普通である。そのようなことがすべて、大方の日本人の性癖とマッチしているのではないであろうか。日本人の嗜好はいずれかといえば淡白で、濃厚な味にはすぐ音をあげる。薫りも強烈なものは好まない。個を強調しようとしない。それらの点で、すべてあっさりしている桜は日本人の気質に向いていると思うのだが、何よりもぱっと咲いてぱっと散ってしまうあわただしさが、持続力に乏しい日本人の好尚に叶う最大の理由であろうか。

うつせみの世にも似たるか花ざくら咲くと見しまにかつ散りにけり　（古今集・春下、読人しらず）

そのようなあわただしさを古人は無常なこの世の相になぞらえたり、そこにいさぎよさを見たりさえしてきた。だが、それは、たとえば牡丹のようにいつまでも咲いている花——白楽天は「牡丹芳」

という詩で「花開花落二十日、一城之人皆若レ狂」と歌っている——に付き合っていられない日本人のせっかちな性情、執拗さを嫌う傾向の現れといってよいのではないかと思う。

このような桜の花のあわただしい開花と落花は、美の頂点がその滅亡に、生が死に隣り合わせていることをもおのずから考えさせるようにしむけてきた。先に引いた「うつせみの」の歌が既にそうであるが、桜の歌や句には哀感の漂うものが少なくない。

なげきし夢の跡のはかなさ

花に人かぜも吹きあへずちりはてて　宗祇

（新撰菟玖波集・春下）

（本歌は古今集・春下、紀貫之の「桜花とく散りぬとも思ほえず人の心ぞ風も吹きあへぬ」）

また、浄瑠璃や歌舞伎では、しばしば、今を盛りと咲きほこる桜を背景に、若い男や女が死を急ぐという場面が演出された。『妹背山婦女庭訓』の山の段はその典型である。吉野川を間に大和国の妹山に住む雛鳥と紀伊国の背山に住む久我之助清船とが、恋を貫き、義を通すために、女は母の手にかかり、男は自害して果てる。満開の桜が怨霊や化生のものの踊る書割りとなる場合も少なくない。『京鹿子娘道成寺』がその例である。白拍子花子は清姫の霊であった。また、『義経千本桜』の道行では佐藤忠信の姿を借りた狐が踊る。

桜の美しさは非日常的なものなのである。それは見る人の心をも日常世界の彼方に浮遊させる。古人の言葉を借りれば、「あくがらす」のである。その美が狂や怪を内に蔵し、死と至近距離にあることは故なしとしない。

饗宴の世紀・新古今時代

藤原定家は安貞元年（一二二七）十二月十日の『明月記』に、近代の貴族達の鳥獣に関する食生活が変化したことを次のように書き留めている。

一日或者云、近代卿相家々、多成二長夜之飲一、各結レ党群二集所々一、好而食二鶴鵠一。尋常山梁等連日群飲之座、猶乏少之故歟。昔先考之命、兎青侍之食物也、事宜人不レ食レ之。壮年之後視聴、可レ然宴飲之座皆相交。今又聞二此事一、為レ知二時儀之改一、雖二無益事一注レ之。又猫近代月卿雲客之良肴云々。少年之時、自二越部庄一持来苞苴、兎山鳥云々。是皆非二尋常之食物一、可レ賜二青侍一由先人所レ被レ命也。又経長（左衛門左）等食レ狸云々。

この頃卿相の家々では夜を徹して宴飲を催し、仲間であちこちに集まっては好んで鶴や鵠《くぐい》を食うそうだと聞いた定家は、普通の雉がこの連日の大宴会騒ぎの大量消費によって不足してしまったためだろうかと言う。山梁とは、『論語』郷党第十の、

色斯挙矣、翔而後集。曰、山梁雌雉、時哉、時哉。子路共之。三嗅而作。

の章句により、雉のことをさす（ただし、この章句自体は古来難解の由。吉川幸次郎著中国古典選3『論語』上などを参照されたい）。

定家はさらに次のように回想する――昔亡父俊成は、兎は青侍の食物であって紳士は食わないと言われ、少年の時播磨国越部庄からもたらされた兎や山鳥の苞をも、当り前の食物ではないとして青侍に下賜せよと命じられたが、成人して見聞すると、宴席に交っていると。そして、時の風俗の変化を知るために、つまらぬことながら記すのだとして、近年は「貒」をも上達部殿上人の「良肴」とし、左衛門佐経長は狸を食うそうだとも書き留める。

貒は、まみだぬきとも野豕（猪）とも、またむじなとも言う。貛に通じるが、貛貛炙というのは貛の焼肉で、古く中国では美味なものとして珍重したらしい。狸は今の狸と変るところがないであろう。左衛門佐経長は藤原氏師実流、難波宗長や飛鳥井雅経の兄弟の経長か、それとも藤原氏顕隆流、粟田口別当入道惟方の曽孫に当る経長であろうか。この二人はともに『尊卑分脈』に「右衛門佐」と注する。

定家は俊成の言行を引くのみで自身の感想を述べてはいないのだが、彼の言わんとするところはよくわかる。つまり卿相までが悪食をするようになったのも澆季末世の相だというのであろう。これは『徒然草』の第百十八段における「北山入道殿」や兼好その人の食物に関する美意識に通ずるものがある。

鯉《こゐ》ばかりこそ御前にても切《き》らるゝ物なれば、やむごとなき魚なれ。鳥には鴙、さうなき物也。雉《きじ》、松茸などは御湯殿《ゆどの》の上《うへ》にかゝりたるも苦《くる》しからず。その他《ほか》は心憂《う》きことなり。中宮の御方《かた》の御湯《ゆ》殿《どの》の上《うへ》の黒御棚《くろみたな》に鴈の見《み》えけるを、北山の入道殿《どの》の御覧じて、帰《かへ》らせ給てやがて御文《ふみ》して、「かやうの物、さながらその姿《すがた》にて御棚《みたな》にゐて候事、見慣《なら》はず、様悪《さまあ》しきこと也。はか〲しき人の候《さぶら》

はぬゆゑ《へ》にこそ」など申されたりけり。（正徹本）

けれども、定家も雁の足は食べたことがあるのであろう。少くとも彼は夢の裡に雁足を食している。次の記事は建仁二年（一二〇二）八月二十九日の日記である。

去夜夢、到二家長重輔等中一。件党取二出供御一、罷二御盤一食レ之間、家長取二鳥足一与レ之。予取レ之見鴈足也。甚長。人会二尺之一不レ食歟。似レ無レ興。仍《（寤カ）》食レ之後、思二出精進之由一後悔、語二家長一令レ驚。但心中又思夜宿也、朔日奉幣何事在乎。即夢寝了。

彼は自身この夢を次のように占う。

今朝思レ之吉想也。鴈足者即書帛、述レ愁達二於天子一、蒙二其賞一者也。今得レ之、心中本望達二叡聞一、悉可二成就一耳。表二忠臣之心一、蒙二聖主之恩一、何疑在。

すなわち、[*1]蘇武の雁信の故事を思い起して、目下の念願である中将転任が実現する吉相であるとしているのである。この夢相はその通りで、この年閏十月彼の左近衛権中将昇任の夢は叶えられるのだが、こうなると御馳走の夢も捨てたものではない。

＊

獣肉では、以前は鹿や猪の肉を普通に食べたなごりであろうか、『類聚雑要抄』巻一で歯固の供御を図示した中に、

鹿宍代用水鳥　猪宍代用雉

と見える。水鳥は鴨をさすのであろう。同書は食膳に供せられるこれら食料品の産地をも記している。

山城国狭山江御厨。鯉。奈良御薗。苽。茄子。蘿蔔。長江御園。同前。竹御園。同前。奈关。同前。（中略）和泉御厨。鳰。鳥。水伊勢鮠《ハエ》川御厨。白干鮎。煮塩鮎。

鹿や猪の産地が見当らないということは、やはり実際には普通食べなくなっていたのであろう。それだけに定家にとっては慨嘆の種だったに違いない。

しかしながら、或いは後鳥羽院は猪を食べたのではないだろうか。建仁二年五月二十八日の『明月記』には、院が神泉苑に幸して生捕りにした猪で遊んでいるらしいことが語られている。

近日群盗競起、毎夜害レ人云々。院女房外居、於二鳥羽路一為レ盗被レ奪。或云、卿三位縁類云々。如レ此悪事強無二其沙汰一、只遊覧之外無レ他。近日頻幸二神泉苑一、其中被レ致二毳猟一之間、生二取猪一也。仍堀二池苑一多食レ蛇、年年荒池偏蛇之棲也。今如レ此、神竜之心如何。尤可レ恐者歟。俗呼云、依二此事一炎旱云々。

生捕りにした猪を蛇を餌として神泉苑で飼育しておき、院はそれを射て興じたように読めるのだが、もしかして狩猟の真似事ののちにはそれをも供御に供せしめるということはなかったのだろうか。院のエネルギッシュな活動の源泉の一つに山鯨があってもよいような気がするのだが……。

公卿ではないが、狸を食った話は『古今著聞集』に語られている。新古今時代よりややのち、鎌倉中期頃のことであるが、三条右大臣実親の屋敷につぶてを打つ狸の悪戯を止めさせるために、ある田舎侍の案で、さまざまに狸を料理して食い、酒を飲んで大騒ぎをし、

「いかでかおのれ程のやつめは、大臣家をばかたじけなく打まいらせけるぞ。かゝるしれ事する物ども、かやうにためすぞ」

と「よく〱ねぎかけて」、勝善提院の古築地の上にその骨を投げ上げたところ、つぶて打ちはやんだというのである（巻第十七変化第二十七、六〇八話）。これによれば狸はまじないの意味で食われたことになるが、『明月記』に記す左衛門佐経長の場合も、まさか常に好んで食っていたわけではあるまい。現代の日本人が、たまには馬刺で一杯やるかといった程度のことであろう。

*

それにしても、和歌の世界に登場する獣の類はきわめて限られている。それに対して魚鳥の類は比較的さまざまな種類が取り上げられるのは、やはり日本人が昔からそれらを主たる動物性蛋白源として仰いできたからであろう。たとえば、建暦二年（一二一二）十二月十日の有心無心連歌は「賦鳥魚」であったという。しかし、定家は「其物不レ覚悟、太不堪」と記している。思うに、異様の物に対する嗜好を示す手合を白眼視する定家はグルメではなく、従って魚鳥の名も多くは知らなかったのではないであろうか。それに対して、殺生の業として海人の営みを見つめる西行などがむしろ魚介類に関心を有し、従ってまたそれらの名前にも精通していたのではないかと考える。たとえば、次のような作品群である。

くしにさしたる物をあきなひけるをなにぞとゝひければ、はまぐりをほして侍なりと申けるをきゝて

おなじくはかきをぞさしてほしもすべきはまぐりよりはなもたよりあり

うしまどのせとにあまのいでいりて、さだえと申ものをとりてふねにいれ〱しけるをみて

さだえすむせとの岩つぼもとめいで、いそぎしあまのけしき成かな

おきなるいはにつきてあまどものあはびとりけるところにて

いはのねにかたおもむきになみうきてあはびをかづくあまのむらぎみ

かすみしくなみのはつはなをりかけて桜だいつる沖のあま舟

あま人のいそしてかへるひじきものはこにしはまぐりがうなしたゞみ

うぢがはをくだりけるふねの、かなつきと申物をもてこひのくだるをつきけるをみて

うぢ川のはやせおちまふれうぶねのかづきにちがふこひのむらまけ

こはへつどふぬまのいりえのもの下は人つけをかぬふしにぞありける

たねつくるつぼ井の水のひくすゑにえぶなあつまるおちあひのわだ

しらなはにこあゆひかれてくだるせにもちまうけたるこめのしきあみ

みるもうきはうなはにぐるいろくづをのがらかさでもしたむもちあみ

秋かぜにすゞきつりぶねはしるめり其ひとはしのなごりしたひて[2]　（山家集、下）

鮨屋の湯呑茶碗か箸袋に倣って、魚偏の漢字で示せば、鮑・鯛・鯉・鮠・鮒・鮎・鱸ということになる。

おそらく、西行は持戒して魚介類を口にしなかったのであろう。自ら、

いそなつまんいまをひそむるわかふのりみるめぎばさひじきこゝろぶと

と興ずるように、[3]海の物としては海藻類しか食わなかったであろう。けれども本質的には西行の方が定家よりもグルメなのではないであろうか。

＊

定家と好一対とされた藤原家隆も、肉食のイメージからは遠い人である。彼は雪の降る季節、九条基家（鶴殿）の家で雪に「あまづら」をかけた物を出されて賞味し、さらに「雪くひ」である二条中納言定高にそれを送るよう請うたという逸話（『古今著聞集』巻第十八飲食第二十六、六三八話）、そしてまた、食欲不振で蓮の実ばかりを食べていた頃、兄雅隆からそれを贈られて、

老の身にねがふはちすの花のみに君も千とせの後や生《うまれ》ん

と詠んだという逸話（同前六三九話）の持主である。雪にあまずらというのはそのまま今日のかき氷の氷水《すい》（みぞれ）であるが、承久の乱後のことと思われる、世に余された後鳥羽院の遺臣前宮内卿家隆が早春かき氷に興じているさまは、ペーソスがあっていい。

また、定家は貞永二年（一二三三）三月二十日、風のために庭の八重白梅が根元から折れ、さらに「桜桃梅梨所ㇾ結之子、乍ㇾ青落敷」と残念がっているのだが、それほど果樹を植えてあったということは、普段これらの果物を食べていたのであろうと思わせる。

いずれかといえば草食性の彼等歌人達を思いのままに支配して新古今時代を現出した後鳥羽院が、そしてその詩人ならざる取巻き連が、もしも肉食をこととする人々であったとしたならば、そしてまた、世捨人西行もかつては蓴羹鱸膾を賞したことのある味覚の持主であったかと想像すると、やはりこの時代はひとり文学史においてのみならず、日本文化史の上でも興味津々たる一時期であることを失わないであろう。

＊1　定家はこれに類する夢相を建仁元年十二月十一日にも得たが、それは結果的には空しかった。本書所収「近衛中将への昇進を懇請した自筆中文─藤原定家」参照。

＊2　この歌の解釈については、拙著『西行山家集入門』（有斐閣新書、昭53・8刊）を参照して頂きたい。

＊3　＊2に同じ。

＊4　後鳥羽院の有心無心連歌では無心宗の一人であった。『明月記』建暦二年十二月十日の条参照。

文学における食

野上弥生子の『欧米の旅』は、一九三八年十月から翌三九年十一月まで、渡欧する夫野上豊一郎に同行した弥生子の欧米旅行記で、出版されたのは太平洋戦争のさ中の四二年（昭和十七年）から四三年にかけてであった。この紀行のうち、内戦終結直後のスペインのバレンシア地方を旅した件りで、作者は克明に朝の市場を描いている。大きな魚を「ぽんぽん筒切りにして、血だらけのまま計量器に載せて売る」美しい顔の魚屋のかみさん、「斧で牛の頭をぶった切って、脳味噌を摑みだしている」親爺、種類の豊富な野菜物や果物、「なににつけても内乱の暗い聯想から切り離されないだけに、余裕ありげでうれしい」花屋などの有様をいきいきと写し取ったあと、次のように言う。

どこの土地に行っても、私はこんな市場を見て廻った。町の誇りの大寺院や、美術館や、大学や、議事堂を見物する以上に旅人には大事なことだ。人間は考えたり、着たり、飾ったりするまえに、まず第一に食べなければならない。どんなものを、どんな代価で食べているか、豊富か乏しいかは、表口からはわからない生活をはっきり覗かせてくれる。そうしてまたどこの国もたいてい同じようなものを食べて生きるのを知るのは、人類的な親愛を湧きたたせる酵母にもなる。

イラク戦争が始まる直前のバグダッドの市場から中継されたテレビ映像なども連想される。

全く何を措いてもまず何かを食わねばならないという点では、人間はあらゆる鳥獣魚虫、すべての動物と何等異なることはない。ただ、食い物を手に入れるためにどんな努力をしてきたか、ひたすら食い尽くすのではなく、常に食い物が得られるような状態を保つためにどのような手段を講じてきたかという点において、人間は他の動物達と区別される。自然物の採取や狩猟・漁撈から農耕、そして牧畜・養殖へという文化の進展は、とりも直さず常に一定の食い物を得るために人間が考え出した手段の進歩の過程である。

人間とは何か、人間と他の動物とはどのように共通し、どの点において異なるのかという問題を追求し続ける文学者にとって、食い物・飲み物のたぐいとそれに対する人間のさまざまな姿は、絶好の凝視の対象となってきた。たとえば、飲食の場面を写すことの少ない『源氏物語』においても、落ぶれた常陸宮の姫君（末摘花）に仕える女房達のみすぼらしい食事の有様は、

御台、秘色《ひそく》やうの唐土《もろこし》のものなれど、人わろきに、何のくさはひもなくあはれげなる、まかでて人々食ふ。隅の間ばかりにぞ、いと寒げなる女ばら、白き衣の言ひ知らず煤けたるに、きたなげなる褶《しびら》引き結ひつけたる腰つき、かたくなしげなり。（末摘花）

と描かれているし、「常夏」の巻の冒頭では六条院の東の釣殿での心地よい納涼の宴の有様が、鮎《あゆ》・いしぶし・大御酒《おおみき》・氷水《ひみず》・水飯《すいはん》などといった具体的な食材とともに写し出されている。女三の宮との密通を知った源氏が柏木に痛烈なあてこすりを言ったのも、御賀の試楽ののちの酒宴においてであった。

戯れのやうなれど、いとゞ胸つぶれて、盃のめぐり来るも頭いたくおぼゆれば、けしき許にて紛はすを御覧じとがめて、持たせながらたび〳〵しゐ給へば、はしたなくてもてわづらふさま、な

べての人に似ずおかし。　（若菜下）

『伊勢物語』第九段東下りの、三河の国八橋の沢のほとりの木蔭で旅の一行は乾飯《かれいい》を食う。そして「をとこ」が人に言われるままに、杜若《かきつばた》を折句にして「唐衣きつ、なれにしつましあればはる〴〵きぬる旅をしぞ思ふ」と詠むと、「皆人、乾飯のうへに涙落してほとびにけり」という。乾飯が涙で「ほとび」てしまったというのはもとより誇張なのだが、ともかく一行は飯を食いながら泣いている、あるいは泣きながら飯を食っている。そのような姿ははたから見るといささか滑稽だが、いとおしくも思われる。女が「手づからいゐがひとりて、笥子《けこ》のうつわ物に盛」るという行為をはしたないとして疎んじた男のことを語る（二十三段）『伊勢物語』にもこんな場面が描かれているので、ほっとする。

けれども、概して王朝文学では飲食という行為は描写の対象として軽視されている。和歌文学に至っては、食い物・飲み物それ自体が意識的に排除されている。俳諧の世界ではそのような規制はなくなり、芭蕉も蕪村も多くの食い物・飲み物の秀句を残している。

あら何ともなやきのふは過てふくと汁　　芭蕉

入道のよゝとまいりぬ納豆汁　　蕪村

西鶴や近松門左衛門の作品でも、登場人物が飲食する場面には事欠かない。『日本永代蔵』巻二「世界の借屋大将」では、客を呼び、台所で擂鉢の音を響かせて、客人にあれこれ御馳走を想像させながら、何も出さずに長者になる心得を説く皮肉な話が語られる。『堀川波鼓』では、孤閨の寂しさをまぎらわすために飲んだ酒が人妻を姦通へと導く過程が克明に描かれる。河竹黙阿弥は『都鳥 廓《ながれの》白浪《しらなみ》』（忍ぶの惣太）で、飯を食い、茶を飲みながら捕手達と渡り合う怪盗を登場させた。

近代文学に至って、物を食う人間の姿はいよいよ克明に写し取られるようになる。夏目漱石の作品にはとくにその傾向が著しい。たとえば、『虞美人草』の「七」、汽車の中で井上孤堂と小夜子の父娘が長芋と玉子焼の入った駅弁を食い、甲野欽吾と宗近一の二人の青年が食堂車で「ハムエクス」と「コフヒー」・紅茶の朝食を摂る場面などは、それぞれの人物の境遇・性格とともに、その時代の新旧入り混じった風俗を端的に表現している。また、『草枕』での吸い物や羊羹についての議論はさながら日本の食文化についての議論の趣を呈している。しかし、漱石自身は「私は濃厚な物がいゝ。支那料理、西洋料理が結構である。日本料理などは食べたいとは思はぬ」（談話「文士の生活」）と言っている。自身固有の嗜好を持った作家が作品中でどんな人間に何を食わせ、それを通して何を訴えようとしているのか——その機微を探るのはその作品世界を解き明かすための一つの有力な道筋であろう。

【ビフテキ】

牛肉を焼いた料理。フランス語のbifteckにもとづくという。明治時代にはビステキという言い方も行われたが、これは英語のbeefsteakから来ているという。現在はビフテキ、あるいはビーフ・ステーキを略してステーキということが多いであろう。

正岡子規の『墨汁一滴』では、「明星」に載った落合直文の短歌の評で、「一番旨い皿を初めに出しては後々に出る物のまづく感ぜらる、故に肉汁を初に、フライ又はオムレツを次に、ビステキを最後に出すなり。されど濃厚なるビステキにてひたと打ち切りては却つて物足らぬ故更に附物として趣味の変りたるサラダか珈琲菓物の類を出す」という。ここで「ビステキ」は一首の中心たる題材の比喩である。この文章は明治三十四年三月に書かれた。

同じ年の十一月「小天地」に発表された国木田独歩の短篇に『牛肉と馬鈴薯』がある。数人の男達が芝の倶楽部で議論する話であるが、ここでは「実際はビフテキです、スチユーです」「理想に従がへば芋ばかし喰つて居なきやアならない。ことによると馬鈴薯《いも》も喰へないことになる。諸君は牛肉と馬鈴薯と何《どつ》ちが可《い》い？」「牛肉が可いねエ！」「然《しか》しビフテキに馬鈴薯は附属物《つきもの》だよ」「さうサ、今じやア鬼のやうな顔《つら》をして、血のたれるビフテキを二口に喰つて了《しま》うんだ」などといった会話が交される。この小説で、「馬鈴薯」は理想の、「ビフテキ」は実際（現実の意）の、比喩である。「この作品は独歩的な思想小説として代表作に数へられてゐる」と、瀬沼茂樹はいう（『定本国木田独歩全集』第二巻解題）。

これらの比喩としてのビフテキ（ビステキ）に対して、夏目漱石は『野分』で本当の「ビステキ」を登場人物に食わせている。「「何故？何もさう悲観する必要はないぢやないか、大《おほい》にやるさ。僕もやる気だ、一所にやらう。大に西洋料理でも食つて――そらビステキが来た。是で御仕舞だよ。君ビステキの生焼は消化がいゝつて云ふぜ。こいつはどうかな」と中野君は洋刀《ナイフ》を揮つて厚切りの一片を中央《まんなか》から切断した。」日比谷公園内の西洋料理屋での場面である。中野輝一は富豪の家に生れ、美しい妻をも得る幸せな青年である。彼に西洋料理をおごられている高柳周作は貧しい家に育った孤独な青年である。「ビステキ」は中野君の富と楽観的な人生観の象徴である。それゆえに高柳君はそれが「いくら赤くても決して消化がよさゝうには思へな」いのだ。

【こんにゃく】

こんにゃく（蒟蒻・菎蒻）はサトイモ科の植物コンニャクの球茎から作られる。この玉をつぶすか乾燥して粉にしたものを煮て、それに石灰乳を加えて固めたものが、食品としてのこんにゃくである。おでん種の主役であり、煮しめや酢味噌で和えたり、刺身として食べたりと、和食には欠かせない。

平安時代から食用とされていたことは、『拾遺和歌集』物名で藤原輔相《すけみ》が「こにやく　野を見れば春めきにけり青つゞらこにやくままし（籠《こ》にや組ままし）若菜摘むべし」と詠んでおり、『本草和名』に記載することなどから、確かである。『鈴鹿家記』『大乗院寺社雑事記』など、中世の記録類にも見える。前者によって、蒲鉾とともに煮たらしいこと、後者によって「昆若」は天王寺の名物であったことが知られる。

江戸時代の料理のし方の一つに、こんにゃくの白和《しらあ》えというのがあった。白胡麻と豆腐と白味噌をすり混ぜてこんにゃくを和える。浄瑠璃『摂州合邦辻《せっしゅうがっぽうがつじ》』下の巻切、合邦内の段で、百万遍を唱えた講中の一人の老婆が、逮夜《たいや》の料理を食って言う。「いつもと違うて夜食も格別。麦飯にとろゝ汁、ひろうすの平《ひら》、蒟蒻の白あへでは、いかな亡者もずる〳〵と極楽へすべり込み、しやり〳〵仏にならしやろ」。昔からこんにゃくを食うと体内の砂が排出されると言い伝え、「砂払い」というのはこんにゃくの異名である。それゆえ、こんにゃくと砂は縁語、その砂、砂利に舎利を掛け、「しやり〳〵仏に」と続けた。こう言っている老婆は、合邦夫妻が誰の供養のために夜食で講中を摂待しているのかを知らない。夫妻は一人娘のお辻（玉手御前）に、継子の俊徳丸を恋し、さらに毒酒をも飲ませるという乱倫の所行があったので、夫の高安左衛門に殺されたと思い込み、その娘の供養のために講中を庵に招いたのである。ところが、娘は殺されてはいなかった。人々が帰ったあと、夜陰に紛れて父の庵を訪れる。父は罵り、母はとりなして、尼になれと言う。娘は、とんでもない、俊徳丸のことはあきらめないと言い切る。その俊徳丸は許嫁の浅香姫とともにこの庵に身を寄せていた。それと知った玉手御前は姫を突き退けて、目の見えない俊徳丸を連れて行こうとする。その「嫉妬の乱行」にたまりかねた合邦は娘を刺す。苦しい息の下で、娘が告白する。継子に道ならぬ恋をしかけたのも、毒酒を飲ませて業病を煩わせたのも、みな義理を立てるための非常手段であった。そして「寅《とら》の年寅の月、寅の日寅の刻」に生まれた自らの肝臓の生血を俊徳丸に飲ませると、彼の病は途端に本復した。玉手御前は懐剣で鳩尾を切り裂いて落ち入る。偽りの不倫の恋と自己犠牲の物語。しかし、玉手御前の本心はどうだったのか。この愁嘆場の初めに出て来る「蒟蒻の白あへ」は典型的な精進料理である。

芭蕉には「蒟蒻にけふは売《うり》かつ若菜哉」「菎蒻のさしみもすこし梅の花」などの句もある。ともに元禄六年（一六九三）、五十歳の時の作。あとの句は弟子の去来へ送ったもので、この年二月京都の去来の家で死んだ呂丸を追悼する心がこめられているという。向島の百花園にこの句の句碑がある。芭蕉の弟子許六《きよりく》は「翁は菎蒻をすかれたり。是は精進物の沙汰に及《およぶ》べし」（『風俗文選』巻之五「麻生後序」）と証言している。

屋台のおでん屋でこんにゃくを食う場面が、泉鏡花の晩年の作品『雪柳』にある。場所は麻布。彫刻家小山直槙は女性連れで屋台の暖簾に頭を突込んで言う、「味噌は、あやまる。からしにしてくれ、菎蒻だ」「はんぺんは不可《いけな》い、菎蒻だ。からしを」。連れの女性はすでに死んでいる知人間淵の妻だったお冬である。二人は二十余年前、間淵の本所曳舟《ひきふね》の仮住まいで初めて会った。小山は十九、お冬は十五。間淵は妻だと言ってお冬を引きあわせた。

その後、偶然間淵と出会った小山はその時は小石川の菎蒻閻魔《えんま》の傍に住んでいた彼の家に寄ったが、お冬は襖越しに物を言っただけで、姿を見せなかった。しかし、その言葉で小山はお冬の方でも自分を好いていると確信する。そして今は待合雪の家の女将となっているお冬と小山は、相合傘で麻布の名所一本松へ向かう、と思ったのは大酔した小山の幻覚で、二人が入ったのは、その近くの待合である。「地蔵菩薩の白い豆府《とうふ》は布ばかり、渋黒い菎蒻は、てゝらにして、浄玻璃に映り、閻魔大王の前に領伏《ひれふ》したやうな気がして、豆府は、ふつくり、菎蒻は、痩せたり。二個の亡者は、奈落へ落込んだ覚悟で居る」。「豆府」（鏡花は「腐」の字を嫌って、こう書く）は女、「菎蒻」は男の暗喩である。「地蔵菩薩」は小石川の豆腐地蔵（作品の前の方に出て来る）を暗示して、菎蒻閻魔と対になる。二十余年越しに二人の一目惚れの恋は成就した。しかしその直後、この二人はなき間淵の妹という怪しい老婆によって手痛い仕打ちを受ける。この奇怪な物語で「菎蒻」は「豆府」とともに、キー・ワードである。

　三島由紀夫の『仮面の告白』は、終り近くで偶然出会った園子――かつて「私」は彼女と唇を重ねつつ、その愛を斥けた――が配給物の蒟蒻をバケツに入れて提げていたと書く。「バケツのなかには、日を浴びて、海水浴の日に灼けた女の肌のやうにみえる蒟蒻がひしめいてゐた」。ここでの蒟蒻は不毛の愛の幻滅を白日の下に曝け出しているようだ。

【油《あぶら》揚《あげ》】

薄切りの豆腐を油で揚げたもの。つめて「あぶらげ」と発音することが多い。また、略して「あげ」とも「揚豆腐」という言い方もある。精進料理の食材として考え出されたか。江戸時代には広く食されるようになったらしく、文学作品にも頻出する。高瀬梅盛の俳諧付合語集である『俳諧類船集』で、「昆布《コブ》」の項に「油上《アゲ》は調菜のことによろしかりし物也」というのは、比較的早い例か。よく調和するものの譬えに、「昆布《こんぶ》に油揚《あぶらげ》」「昆布に油揚里芋のお平《ひら》」などという言い方がある。しかし、長方形に切った昆布を油で揚げた「揚昆布」または「煎《い》り昆布」という食品も、戦国末頃にはすでにあったことが『日葡辞書』によって知られる。すると、『類船集』の「油上」はこれをさすのかもしれない。俳諧七部集の『あら野』員外では、越人が「後ぞひよべといふがわりなき」という前句に、「今朝よりも油あげする玉だすき」と付けている。

喜多川守貞の『近世風俗志』によれば、江戸では豆腐一挺《ちょう》が五十六文から六十文であるのに対して、焼豆腐・油揚はともに五文であったという。

大事なもの、手に入れようと狙っていたものを不意に横あいから奪われることを、「鳶《とんび》に油揚をさらわれる」という。『浮世風呂』四編上では、商人体の点兵衛が俳諧師の鬼角に、「此間私が京橋を通りかゝりますト、十二三の調市《でっち》がちよろ〳〵と走て参りましたが、やがて鳶に油揚《あぶらげ》をさらはれました」と話しかけ、それで作った「京橋の鳶さらひけり揚豆腐」

という句の批評を求める。鬼角は、宝井其角の句に「京町の猫通ひけり揚屋町」というのがあると、点兵衛の粉本をすっぱ抜く。清元「大和い手向五字《やまとがなたむけのいつもじ》」（子守）は文政六年（一八二三）江戸森田座で上演された五変化の舞踊。その語り出しは、「オヤツかな何としよえ。アイタ、、膝頭をすり剝いた。憎《にっく》い鳶《とんび》づら油揚《あぶらげ》さらうた」。差金の鳶を子守が追ってころぶのが幕開きである。

明治時代の戯作者鶯亭金升《おうていきんしょう》の『明治のおもかげ』に、向島の三囲《みめぐり》稲荷の社内には昔狐の穴があり、茶店の婆さんが手を叩くと狐が顔を出した、油揚を供える客もいたという。「お稲荷様には油揚を献《あ》げるのは誰も皆知つてゐる処である」（永井荷風『日和下駄』第二淫祠）。

武田百合子『富士日記』昭和四十年十月六日に「油揚げ二枚十二円」とある。これは昼の「キツネうどん」に化けたのであろう。

【カステラ】

主な材料は鶏卵・小麦粉・砂糖。ポルトガル語 Castella にもとづく名前からも直ちに知られるように、天正年間ポルトガル人が長崎に伝えた南蛮文化の所産である。『太閤記《たいこうき》』初めの「或問」に、切支丹《きりしたん》ばてれんの布教のやり方として、上戸には舶来の酒を勧め、「下戸には、かすていら、ぼうる、かるめひる、あるへい糖《ル》、こんぺい糖《ル》などをもてなし、我宗門に引入る事、尤ふか丶りし也」という。近松門左衛門の浄瑠璃『傾城反魂香《けいせいはんごんこう》』には、大名六角左京大夫頼賢《よりかた》の館で狩野元信が御殿女中の摂待を受ける場面に、「局《つぼね》は奥にあい〳〵と愛相らしき声々の。男のそばへ寄ることは常に梨地の煙草盆。落雁かすてら羊羹より。菓子盆運ぶ腰本の饅頭肌ぞなつかしき」とある。

樋口一葉『にごりえ』の終り近く、酌婦のお力はもとの情夫の源七の子太吉郎にカステラを買い与える。「母《か》さん母さんこれを貰つて来たと莞爾《につこ》として駆け込むに、見れば新開の日の出やがかすていら、おや此様《こん》な好《い》いお菓子を誰れに貰つて来た、……これは菊の井の鬼姉さんが呉れたのと言ふ、母は顔色をかへて」――源七の妻お初はお力を罵り、カステラの入った袋を放り捨てる。それから源七とお初の夫婦喧嘩となり、お初は太吉郎を連れて家を出る。無理心中か得心ずくか、お力と源七の死のきっかけとなっているのがカステラである。

夏目漱石の作品にしばしば登場する。『吾輩は猫である』で苦沙弥《くしやみ》先生を訪れた越智東風は茶菓に出されたカステラを頰張る。『虞美人草』に描かれる博覧会で宗近一《はじめ》が食う西洋菓子は「チヨコレートを塗つた卵糖《カステラ》」である。『こゝろ』の「私」が「先生」の奥さんに貰って帰った菓子の包にも「チヨコレートを塗つた鳶色のカステラ」があった。「それを食ふ時に、必竟此菓子を私に呉れた二人の男女は、幸福な一対として世の中に存在してゐるのだと自覚しつゝ、味はつた」。

北原白秋の第一歌集『桐《きり》の花』の巻頭には「桐の花とカステラ」という一文が掲げられ、

「桐の花の淡紫色」とカステラの「暖味のある新しい黄色さとがよく調和し」「ばさばさしてどこか手ざはりの渋いカステラ」が「何より好ましく味はれる」という。そして、「カステラの黄なるやはらみ新らしき味ひもよし春の暮れゆく」と歌う。もはや日本の菓子になりきっているカステラは、それでもなお異国的な感触をとどめている。

【今川焼《いまがわやき》】

小麦粉の皮で餡《あん》を包んだ焼菓子。銅板の型に溶いた小麦粉を流し込んで焼く。江戸中期神田の今川橋辺で始まったので、この名があるという。皮に巴形の焼印を押したものを赤穂義士の打ち入りの山鹿流の陣太鼓になぞらえ、太鼓焼といった。後には焼印の有無にかかわらず、今川焼の別名としてもいう。一説に、巴の紋は今川家の紋なので、今川焼と呼ばれたとも。安永六年（一七七七）には本所に「那須や弥平」という今川焼屋の存在したことが、『富貴地座位』によって知られる。

樋口一葉の『大つごもり』で、初音町の八百安、親代りの病身な伯父、安兵衛の家に戻ったお峰に対して、安兵衛がいう、「珍らしき客に馳走は出来ねど好物の今川焼、里芋の煮ころがしなど、沢山たべろよ」。きりょうよしで辛棒もののお峰にとって、今川焼は銘菓にも匹敵するものだったのであろう。

夏目漱石『野分』の終り近く、親友の中野君から結核の転地療養にと百円を与えられた高柳君は、久しぶりに爽やかな気分で師走の黄昏の神楽坂を上る。坂にはさまざまな露店が並んでいる。「今川焼は一銭に三つで婆さんの自製にかゝる。」それらの店を見ながら、いつしか道也先生（白井道也）の家を訪れた高柳君は、借金取りに責め立てられている先生に中野君から与えられた百円を押しつけ、先生の原稿「人格論」を懐にして、「暗き夜の中に紛れ去った。」婆さんが焼く今川焼の店などが並ぶ神楽坂の描写は、激情的に終わるこの小説の、その急の部分を引き立たせる短く静かな間奏部分であるといえる。

志賀直哉『暗夜行路』前篇には、もと今川焼屋の娘だった芸者桃奴《ももやっこ》のことが詳しく語られる。彼女は「曹長の私生児」で、今川焼屋の養女とされ、女義太夫の栄花《えいはな》という芸人となるが、好きな男から引き離され、身を持ち崩して悪辣な芸者と評判されるに至る。その今川焼屋は主人公謙作の友人の山本という華族の家の裏、「塀一重の隣り」で、山本と栄花とも淡い交渉があったらしい。これらのことは大正頃の東京という都市空間と、そこに生きる人々の意外な関係――華族と庶民などという図式では割り切れない――を考えさせる材料となるであろう。

万緑運営委員会編集『万緑季寄せ』（平成十二年刊、万緑発行所）では、今川焼を冬の季語として、鯛焼のつけたりとして掲げるが例句はない。武田百合子『富士日記』によれば、富士吉田では「自慢焼という今川焼のようなもの」を売っていた。

【お好《この》み焼《やき》・もんじゃ焼《やき》】

水で溶いた小麦粉に、桜海老・烏賊《いか》・牛肉・野菜など、好みの材料を入れて、鉄板で焼きながら食べる料理。料理というよりはむしろ、子供や若者のおやつというべきであろう。しかし、もとより、主食の代りともなりうる。富士山麓にあった武田泰淳の武田山荘では、昼食としてしばしば食べられている。たとえば、「ひる　お好み焼（中味は、さくらえび、牛肉の刻んだの、ねぎ、青のり）」（武田百合子『富士日記』昭和四十一年四月九日）。

高見順『如何なる星の下に』には、浅草田原町の一区劃、「お好み横町」にある「私の行きつけのお好み焼屋」、「風流お好み焼――惚太郎」の有様が詳述されている。「森家惚太郎といふ漫才屋の細君が、御亭主が出征したあとで開いた」しもたやのお好み焼屋である。「私」はこの店で元踊り子の嶺美佐子に「お好み焼の「ビフテキ」」を焼いてもらう。「お好み焼の面白さといふものは、自分の手で焼くところにあつて、食ふだけでは、面白さ楽しさの殆んど大半が失はれると言つていい」と知りながら。そして、「かねてこのお好み焼屋を舞台にして小説を書くやうな場合には何か参考になるかもしれないといふ考へから」壁に貼ってある「お好焼の品目」を手帖に写し取る。それは「やきそば。いかてん。えびてん。あんこてん。もちてん……」と、じつにバラエティに富んでいる。値段は五仙・十仙・二十仙など（「人が山と来る」という縁起をかついで、銭を仙と書く）。その「私」が憧れている踊り子の小柳雅子は、意外なことに美佐子の末の妹だった。この小説には昭和十年代の初め頃の浅草に生きる男女の風俗生態が活写されている。お好み焼屋惣太郎はその主要な舞台である。

お好み焼に類するものとして、もんじゃ焼がある。この名称は文字焼（もんじゃき・もじやき）の転かという。文字《もじ》焼屋の話は『柳多留』に「杓子程筆では書けぬ文字焼屋」と見え、斎藤緑雨の『門三味線』には「文字焼の屋台」ともいう。すると、もんじゃ焼の方が起源は古く、お好み焼はもんじゃの変種というべきであろうか。

「ぼったら焼」「ぼった焼」というものも、これらの亜流といえる。溶いた小麦粉を鉄板の上にぼったりと落として焼くので、この名がある。永井荷風『日和下駄』第一に「同じ露店の大道商人となるとも……寧《むしろ》黙して裏町の縁日にボツタラ焼をやくか糝粉細工でもこねるであらう」という。

名作五篇と五種の食べ物——オムニバス講義「文学と食」のはじめに

設問　はじめに簡単なクイズをしてみましょう。

上段に文学年表には必ず載っている近代文学の名作が五篇、下段には食べ物の名が五品、作品は成立年代順に、食物は五十音順に並んでいます。それぞれ関連の深いものを結び付けてください。

A	三四郎	a	あなご
B	歌行燈	b	饂飩
C	雁	c	氷白玉
D	蓼喰ふ虫	d	鯖の味噌煮
E	濹東綺譚	e	水蜜桃

＊

まず、「三四郎」はいうまでもなく夏目漱石の小説ですね。明治四十一年（一九〇八）九月一日から十二月二十九日まで、「朝日新聞」に連載されていました。主人公小川三四郎は熊本の高等学校（旧制）

を卒業して東京の大学（現在の東京大学）に入学するために、列車に乗って上京してきます。当時、大学は九月が新学年の初めでした。小説中に「学年は九月十一日に始まつた」とあります。ですから、三四郎が上京したのはその直前、おそらく九月の初めでしょう。新聞に掲載されるのですから、その季節に合わせているのです。

その列車（小説では「汽車」といいます）の中で、三四郎は筋向うに坐っている「髭を濃く生《はや》してゐる。面長の瘠《やせ》ぎすの、どことなく神主じみた男」と言葉を交すようになります。その男性は汽車が豊橋に着いた時、窓から首を出して水蜜桃を買い、三四郎にも食べるように勧めます。そして、桃について話し出します。

子規は果物が大変好きだつた。且ついくらでも食へる男だつた。ある時大きな樽柿を十六食つた事がある。それで何ともなかつた。自分抔《など》は到底《とても》子規の真似は出来ない。

それから先、浜松の駅で美しい西洋人の夫婦を見たのをきっかけに、男は当時の日本の社会に対する痛烈な批判を述べます。

「御互は憐れだなあ」と云ひ出した。「こんな顔をして、こんなに弱つてゐては、いくら日露戦争に勝つて、一等国になつても駄目ですね。尤も建物を見ても、庭園を見ても、いづれも顔相応の所だが、――（中略）

三四郎は、日露戦争以後こんな人間に出逢ふとは思ひも寄らなかつた。どうも日本人ぢやない様な気がする。

「然し是からは日本も段々発展するでせう」と弁護した。すると、かの男は、すましたもので、

「亡びるね」と云った。

この作中の男性の正体はここではわかりませんが、この先で高等学校の先生の広田萇《ちゃう》であるとわかります。この会話は、青春小説としても読まれる「三四郎」の中で、作者漱石の思想を窺わせる大切な部分だと思います。もとより広田先生の言葉を借りて漱石が自身の考えを述べているのです。その広田先生と主人公三四郎との知り合うきっかけを作ったものとして、水蜜桃もまたこの小説の中でかなり大事な役割りを担わされています。

従って、まず最初の問題は、

A―e

と結ばれます。

＊

次に、「歌行燈」。これは泉鏡花の代表作とされるものです。明治四十三年一月、雑誌「新小説」に発表された中篇小説です。この作品は一口に言うと、能楽師の世界に取材し、芸のすばらしさと不思議な縁で繋がれている若い男女の哀切な恋とを描いた物語ということになるでしょう。

物語の季節は「霜月十日あまり」―十一月十余日、場所は桑名です。しかし、登場人物の語りの中で物語の時間は三年前に遡り、場所も伊勢や鳥羽と、各地に移ります。主人公は能楽師として将来を嘱望されていたにもかかわらず、芸道で他人を辱かしめたという理由で破門され、博多節[*1]を弾き歌いして歩く流しの芸人に身を落とした恩地喜多八。その喜多八を心の中でひそかに慕っている芸妓のお三重は、かつて喜多八が芸の上で恥辱を与え、自殺に追いやった按摩の宗山の娘です。父の死後、継母に売られて芸妓となったけれども、まるで三味線が弾けないお三重は、芸者屋の門に立った喜多八に（その時は敵のような関係にあるとも知らず）その苦しみを訴え、喜多八は彼女に三味線ではなく、能の「海人」[*2]の玉の段の舞を教え込みました。喜多八が叔父であり、養父であり、師でもある恩地源三郎に破門されて三年後の「霜月十日あまりの初夜」桑名の町中の饂飩屋で、喜多八は流しの按摩に肩をもませながら、このような身の上話を語ります。一方、お三重はその饂飩屋からほど遠からぬ所にある湊屋という旅館の座敷に呼ばれて、三味線も弾けず、踊りもできないことを仲居に烈しく叱られた末に、ただ一つできる芸ということで、「海人」の玉の段を謡い、舞い始めます。彼女を座敷に呼んだ客というのは、喜多八を破門した源三郎と、一緒に旅をしていた小鼓の名手辺見雪叟という、二人の老人だったのでした。そしてこの二人は、お三重が謡いながら舞いはじめた途端に、彼女が誰に教わったかを悟ったのです。お三重の舞に合わせて源三郎が謡い、雪叟が鼓を打ちます。その鼓の音を聞いて、喜多八は饂飩屋を飛び出して、血を吐きながら、湊屋の門口で謡に唱和します。

源三郎はお三重に向かって、「嫁女、嫁女」「私は嫁と思ふぞ」と言っています。ということは、喜多八の勘当も許され、彼は源三郎の後継者とされることを意味するのでしょう。しかし、門附芸人の生活を続ける間にむしばまれた彼の身体はどこまで持つか、わかりません。そのような悲愴な芸道の物語、そして因縁ある男女の恋の物語が「歌行燈」です。その物語の主要な舞台が饂飩屋と湊屋の座敷なのです。

初めの方で、喜多八が饂飩屋で饂飩を食べる場面をちょっと紹介しましょう。

「どれ延びない内、底を一つ温めよう、遣つたり！ほつ、」
と言つて、目を擦《こす》つて面を背《そむ》けた。
「利《き》く、利く。……恐しい利く唐辛子だ。恁《か》う、親方の前だがね、つい過般《こなひだ》も此の手を食つたよ、料簡が悪いのさ。何、上方筋の唐辛子だ、鬼灯《ほゝづき》の皮が精々だらう。利くものか、と高を括つて、お銭《あし》は要らない薬味なり、どしこと丼へぶちまけて、松坂で飛上つた。……又遣つたさ、色気は無《ね》えね、涙と涎《よだれ》が一時《いつとき》だ。」と手の甲で引擦る。

元能楽師ですが今は門附芸人となっている喜多八は、伝法な口のきき方をするいなせな兄いの江戸児なのです。喜多八だけでなく、源三郎も能楽師というと連想しがちな謹厳とは正反対の洒脱な老人です。そういう人物が作者鏡花の理想的な人物だったのです。読者に作中人物がどのような人間であるかをわからせるために、作者はこのような何気ない場面でも工夫して描き、片言隻語でも工夫してしゃべらせているのです。読者もそのような工夫に気付くことが必要です。

ここでクイズの答は明白ですね。

B―b

です。

＊

「雁」――これは言わずと知れた森鷗外の名作です。明治四十四年九月、最初の三章が雑誌「スバル」に発表されてから大正二年（一九一三）五月まで同誌に連載されたものの、同誌の廃刊に伴って中絶、そののち大正四年四月に最後の三章を書き足してやっと完結した、三十四章から成る中篇小説です。

古い話である。僕は偶然それが明治十三年の出来事だと云ふことを記憶してゐる。

というのが、この小説の書き出しです。明治の初めの東京大学医科大学（現在の医学部に当たります）の学生岡田と高利貸の妾（現代風にいえば、金融業者の愛人）お玉との実らない恋の物語です。最初に「僕」と名乗って登場する人物は鷗外その人を思わせるようなこの物語の語り手で、岡田と同宿の友人としてこの恋の成行きを観察していて、それを読者に語るのですが、小説は展開するにつれて、「僕」の知る筈もないお玉やその抱え主である高利貸末造、その妻のお常、お玉の父などの心理にまで立入って叙述しはじめます。そのことによって、明治初期の落ちぶれた階層に生まれ育った一人の女のあわれな姿が克明に描き出されています。

お玉は無縁坂（東京大学の東側から上野の不忍の池、池の端へ抜ける坂道）の妾宅に囲われていて、きまってこの坂を通って散歩する岡田と目を合わせ、会釈を交わすようになりました。初めはたくましい美男の岡田に対して好意を抱いたという程度の淡いものでしたが、ある時飼っていた紅雀が蛇に襲われたのを、通りかかった岡田が蛇を切り殺して救ってくれたのを機に、好意は恋に変わりました。ただ一人の老いた父親に楽な生活をさせたいと思っている親孝行なお玉は、旦那の末造が人の嫌う高利貸でしかも妻子もいると知った時はくやしいとも思いましたが、やがてそれも自身の運命であるとあきらめてしまう、あきらめのいい女でした。しかし、岡田の存在を知ってのち、そのお玉の心の中に変化が生じます。彼女は旦那の留守中に岡田を妾宅に呼び入れようと決心し、お手伝いの梅という少女に小遣いを与えて、家へ遊びに行って泊まっておいでと言って帰し、部屋を片付け、美しく身じまいをととのえ、髪もきれいに結って、夕方いつものように散歩に出た岡田が無縁坂を降りてくるのを待ちます。

その日岡田は確かに無縁坂の妾宅の前を通り、いつものようにお玉に会釈しました。しかし、お玉は岡田に声を掛けることはできませんでした。その日の岡田には連れがいたのです。その連れはこの小説の語り手である「僕」でした。お玉は散歩の帰り道に再び岡田が通りかかることを期待して、待ち続けます。暗くなった時分、岡田は通りかかりました。しかし、その時は彼の連れは「僕」ともう一人、石原という学生と、二人になっていました。その翌日、これはお玉は知らなかったことですが、岡田はドイツに「洋行」（今ならば留学というところですが）するために下宿を引き払ってしまうのです。そういうわけで、お玉の大胆な計画はついに実現しませんでした。

散歩の帰り、岡田とお玉とが最後に顔を合わせた場面は「僕」によって次のように語られています。

> 僕の目は坂の中程に立つて、こつちを見てゐる女の姿を認めて、僕の心は一種異様な激動を感じた。僕は池の北の端から引き返す途《みち》すがら、交番の巡査の事を思ふよりは、此女の事を思つてゐた。なぜだか知らぬが、僕には此女が岡田を待ち受けてゐさうに思はれたのである。果して僕の想像は僕を欺かなかつた。女は自分の家のよりは二三軒先へ出迎へてゐた。
>
> 僕は石原の目を掠めるやうに、女の顔と岡田の顔とを見較べた。いつも薄紅に匂つてゐる岡田の顔は、確に一入《ひとしほ》赤く染まつた。そして彼は偶然帽を動かすらしく粧つて、帽の庇《ひさし》に手を掛けた。女の顔は石のやうに凝つてゐた。そして美しく睜《みは》つた目の底には、無限の残惜しさが含まれてゐるやうであつた。

ところで、いつもは一人で散歩する岡田が、どうしてこの時に限って「僕」と連れ立っていたのでしょうか。それは「僕」が岡田を誘い出したからです。そして、誘い出したわけは、「僕」にとって「身の毛も弥立《よだ》つ程厭な菜《さい》」である「青魚《さば》の味噌煮《みそに》」が下宿の食膳に出たからでした。

いつも膳が出ると直ぐに箸を取る僕が躊躇《ちゆうちよ》してゐるので、女中が僕の顔を見て云つた。

「あなた青魚お嫌《きらひ》。」

「さあ青魚は嫌ぢやない。焼いたのなら随分食ふが、味噌煮は閉口だ。」

「まあ。お上さんが存じませんもんですから。なんなら玉子でも持つてまゐりませうか。」かう云つて立ちさうにした。

「待て」と僕は云つた。「実はまだ腹も透いてゐないから、散歩をして来よう。お上さんにはなんとでも云つて置いてくれ。菜が気に入らなかつたなんて云ふなよ。余計な心配をさせなくても好《い》いから。」

そこで、牛鍋屋にでも行こうと思って、隣部屋の岡田を誘い、洋行のことを「僕」に話そうと思っていた岡田が直ちに応じたのでした。

物語の終り近くで、「僕」はこう言います。

一本の釘から大事件が生ずるやうに、青魚の煮肴が上条《かみでう》の夕食の饌《せん》に上つたために、岡田とお玉とは永遠に相見ることを得ずにしまつた。[*3]

お玉の恋はあわれです。運命を従順に受け入れて、あきらめていた彼女が、その境遇の中にありながらも、はじめて自身の意志で行動しようとした時、皮肉な偶然がそれを沮んだのでした。「雁」というこの小説の題は、石原が石を投げて雁を取ろうというので、「逃して遣る」つもりで岡田の投げた石が当たって死んだ不忍の池の雁、石原や岡田、「僕」の酒の肴にされた「不しあはせな雁」にもとづくのですが、「僕」の心ではその雁にお玉が重ねられています。

これで第三問の答も明白です。つまり、

C—d

となります。

＊

大正十二年（一九二三）九月一日、関東地方一帯は大地震に見舞われ、次いで起こった火災で首都東京は壊滅状態となりました。この震災を機に、東京の下町生れの作家谷崎潤一郎は居を関西に移しました。東京とはまるで違った関西の文化や風土に触れることによって、当初は悪魔主義などと呼ばれたその作風は変わってきます。そういう時期に書かれた新聞連載小説が「蓼喰ふ虫」で、昭和三年（一九二八）十二月四日から翌四年六月十八日まで、「東京日日新聞」と「大阪毎日新聞」の二紙に発表されました。

この作品には、東京で生れ育ったけれども、今は関西の豊中に住んでいる斯波要とその妻の美佐子、京都に住んでいる美佐子の父、その愛人で美佐子よりも若い京女のお久などが登場し、文楽の人形芝居を見物すること、地唄を聞くことなど、関西の有閑階層の趣味生活が写されています。要と美佐子との間には小学校の四年になる弘という子もいるのですが、夫婦というのは名ばかりで、二人の心はとうに冷えきっています。美佐子には阿曽という恋人がいるし、要もそれを承知していながら外国の女性と遊んだりします。離婚することをいつも考えていながら、世間的には当り前の夫婦を演じている。その要は美佐子の父が耽溺し、鼓吹する関西的な趣味生活に次第に惹かれていきます。ですからこの作品を味読するためには、浄瑠璃の「心中天の網島」[*4]「生写《しょううつし》朝顔話」[*5]、それに地唄といった関西の音曲などについても一通りの知識を持っていることが求められるでしょう。

食べ物はどこに出て来るのでしょうか。作者の谷崎潤一郎は有名な美食家です。この作品の中にも、甘子の空揚げ、若鮎の塩焼、牛蒡のしらあえなどの上方風の料理の名が出て来るかと思えば、すき焼きや肝臓《レヴァ》のソーセージなどというのも登場します。しかし、クイズの答は、美佐子の父である老人――といっても、「恐らく五十五六より取つてはゐない筈である」と説明されています。現代の日本ではとても老人といえない年齢です――が淡路の人形芝居を見る時にわざわざ注文した弁当のおかずの中にあります。

　お昼と晩は此の重箱に用意して貰ひませうと、それを楽しみの一つにしてゐる老人は例の蒔絵の弁当箱を預けて、幕の内に、玉子焼に、あなごに、牛蒡《ごばう》に、何々の煮しめに、……と、おかずの注文までやかましく云つて、それが出来て来ると、
　「さあ、お久や、支度をしな」
　と、急き立てるのであつた。

もとより関東でもあなごは白焼きにしたり、天麩羅にしたりして食べますが、関西では瀬戸内海沿岸でとれるあなごを珍重して食べることが多いようです。

ですから第四問の答は、

D—a

となります。これはちょっと難問だったかもしれません。

＊

ここまで来れば、残っている作品は「濹東綺譚」で、残っている食べ物は氷白玉ですから、おのずと

E—c

ということになります。しかしこのクイズは、その作品においてその食べ物がどのような意味を持たされているか、そういう問題を考えるきっかけともなればと思って始めたのです。ですから、ここでもまず「濹東綺譚」という作品について一通りのことを抑えておきましょう。

「濹東綺譚」は永井荷風の名作として知られています。昭和十一年（一九三六）九月から十月にかけて執筆され、翌昭和十二年四月十六日から六月十五日まで、「東京朝日新聞」夕刊と「大阪朝日新聞」に三十五回にわたって掲載されました。この作品には「作後贅言」と題する、随筆ともいうべき文章が添えられていますが、これは本体である小説を書いた一カ月後に執筆されています。このような作品の成立過程がわかるのは、作者荷風が「断腸亭日乗」という克明な日記を残しているからです。

「わたくし」と名乗る、作者永井荷風を思わせる五十八歳の作家——小説の初めの方で交番の巡査に誰何されて、「大江匡」と名乗っています——は、「失踪」と題する小説を構想し、その取材をも兼ね

て、隅田川東側の私娼窟である玉の井*6を歩きまわるうち、夕立に遭い、傘に入れてやったことがきっかけで、お雪と名乗る二十六になる私娼と、自身の身分を隠したまま交情を重ねますが、馴染むにつれてお雪が現在の境遇から脱け出して、彼の家庭に入りたいという望みを抱き始めたことを知って、それとなく別れるというのが、その大筋です。

「わたくし」がお雪と知り合ったのは六月の末、それとなく別れるつもりで最後に逢ったのが九月半ばですから、三カ月足らずの交情でした。お雪が抱き始めた願望を「わたくし」が叶えてやろうとせず、それとなく別れるのは、世間体を憚っているからではありません。

　わたくしは若い時から脂粉の巷に入り込み、今にその非を悟らない。或時は事情に捉はれて、彼女達《かのをんなたち》の望むがまゝ、家に納れて箕帚《きさう》を把らせたこともあつたが、然しそれは皆失敗に終つた。彼女達は一たび其境遇を替へ、其身を卑しいものではないと思ふやうになれば、一変して教ふ可からざる懶婦《らんぷ》となるか、然らざれば制御しがたい悍婦になつてしまふからであつた。

そしてまた、

　お雪は倦みつかれたわたくしの心に、偶然過去の世のなつかしい幻影を彷彿たらしめたミューズである。

とも言います。「わたくし」はお雪を懶婦や悍婦としてしまうのに忍びず、自身にとって彼女が永遠にミューズであり続けるために、自ら去って行くというのです。それはやはり男の側の身勝手な言い訳でしょう。「わたくし」自身そのことは十分気付いていて、「わたくしは処世の経験に乏しい彼の女《をんな》を欺き、其身体《しんたい》のみならず其の真情をも弄んだ事になるであらう」と言い、「此の許され難い罪の詫びを

したいと心では」思っていると述べています。この作品のほとんどおしまい近くで、
わたくしは二十《はたち》の頃から恋愛の遊戯に耽ったが、然し此の老境に至つて、このやうな癡夢を語らねばならないやうな心持にならうとは。

とも言います。恋は若い人たちだけのものではありません。このような恋もあるのです。

ところで、問題は氷白玉でした。氷白玉はどこに出て来るのでしょうか。それは「わたくし」がこのように自身とお雪との今後の関係について考えをめぐらせる直前に出て来るのです。

「兼ちゃん。こゝだよ。何ボヤ〳〵してゐるのさ。氷白玉二つ……それから、ついでに蚊遣香を買つて来ておくれ。い、児だ。」

そのまゝ窓に坐つて、通り過る素見客《ひやかし》にからかはれたり、又此方《こつち》からもからかつたりしてゐる。其間々には中仕切の大阪格子を隔てゝ、わたくしの方へも話をしかける。氷屋の男がお待遠うと云つて誂へたものを持つて来た。

「あなた。白玉なら食べるんでせう。今日はわたしがおごるわ。」

「よく覚えてゐるなア。そんな事……。」

「覚えてるわよ。実《じつ》があるでせう。だからもう、そこら中浮気するの、お止しなさい。」

「此処へ来ないと、どこか、他《わき》の家《うち》へ行くと思つてるのか。仕様がない。」

「男は大概さうだもの。」

「白玉が咽喉へつかへるよ。食べる中だけ仲好くしやうや。」

「知らない。」とお雪はわざと荒々しく匙の音をさせて山盛にした氷を突崩した。

季節は「九月も半《なかば》ちかく」の、残暑のきびしい日の夕方です。「わたくし」は小説の草稿を書くことと蔵書の虫干しのために三日ほど外出しなかったので、お雪のところに行くこともありませんでした。お雪は「わたくし」を見るなり、「心配したのよ。それでも、まア、よかつたねえ。」と言います。彼女は勝手に「わたくし」のことをいかがわしい本を売る商売をしている人間と想像しているので、「わたくし」が警察につかまったために来ないのではないかと誤解していたのです。そして、「わたくし」の額にとまって血を吸っていた蚊を掌でおさえて取り、「こら。こんな。」と、血のついた懐紙《ふところがみ》を見せたのち、この場面になります。お玉のいる家は溝際で蚊が多いのです。残暑のうちにも秋の気配の忍び寄っているそういう陋巷の風情、そしてそこで別に自身の境涯を悲しんでいるようでもなく、快活に生きているお雪という女の姿が、鮮かに描き出されています。

＊

クイズはこれでおしまいです。こんな簡単なクイズをしただけでも、作家は何を言おうとしてどのような人物を造形するのか、そのために登場人物に何を食べさせようとするのか、そういう創作の機微がわかってきたと感じませんか。文学作品の中で登場人物が物を食う――「雁」の場合は食わないのですが――という場面は、確かにその作品の本質に迫る一つの糸口であると思います。勿論それは作品の根幹ではありません。枝葉であることが多いでしょう。しかしながら、枝葉にこだわりながら、細部にこだわりながら読む――そこにこそ文学作品を読む楽しみがあると思うのです。

＊1　民謡。明治時代の半ばごろ、博多の花柳界で歌われた。

＊2　五番目物に分類される夢幻能。作者未詳。「海士」と表記することもある。讃岐国志度の浦の海人がわが子（藤原房前）のために、竜宮に奪われた宝玉を、わが命に替えて取り戻す話で、シテ（主役）は海人の亡霊。

＊3　「雁」のこれより前に「西洋の子供の読む本に、釘一本と云ふ話がある。僕は好くは記憶してゐぬが、なんでも車の輪の釘が一本抜けてゐたために乗つて出た百姓の息子が種々の難儀に出会ふと云ふ筋であつた。僕のし掛けた此話では、青魚《さば》の味噌煮《みそに》が丁度釘一本と同じ効果をなすのである」という。

＊4　近松門左衛門作の世話浄瑠璃。享保五年（一七二〇）十二月大坂竹本座の初演。紙屋治兵衛と遊女小春の心中事件を脚色した、心中物の名作。「蓼喰ふ虫」で登場人物らが観ているのは、その改作「心中紙屋治兵衛」の「河庄」と呼ばれる、新地茶屋の段である。

＊5　近松徳叟作、翠松園補の時代浄瑠璃。しばしば上演されるものは嘉永三年（一八五〇）正月刊行の正本だが、原拠は長話（講釈）で、それがまず歌舞伎劇として脚色され、次いで天保三年（一八三二）人形浄瑠璃として上演された。深雪（朝顔）という武家の娘と駒沢次郎左衛門（熊沢蕃山がモデルであるという）の恋物語。ハッピー・エンドであるのがめずらしい。通称は「朝顔日記」で、「蓼喰ふ虫」でもこの名で呼ばれている。

＊6　現代の東京都台東区の北部。

IV

佐藤春夫と古典

二昔以上も前のことになるが、『徒然草』について一文を草した際、『方丈記』には一目置きながら『徒然草』に対してははなはだ冷淡な言葉しか残していない芥川龍之介のことから書き起こし、論のとじめに、その芥川の人物記「佐藤春夫氏」を引いて、佐藤春夫は兼好と鴨長明の二人、『徒然草』と『方丈記』の両作家にともに関心と愛情を寄せていたことに触れてしめくくったことがあった（『岩波講座文学』10 表現の方法7 研究と批評下（昭和五十一年十月、岩波書店）所収「徒然草」、拙著『西行 長明 兼好 草庵文学の系譜』（昭和五十四年四月、明治書院）に再録）。その時は、今回の定本全集では第二十一巻に「兼好と長明と」の題で収められているエッセーや現代語訳の『徒然草・方丈記』などをのぞいたのだが、論の注記で言及している小説の「鴨長明」をよく読んだのかどうか、憶えていない。そこで、今度この作品を読んでみた。一九三五年（昭和十年）七月、作者が四十三歳の年、『中央公論』に発表された短編小説である。

建暦元年（一二一一）七月某日、日野の外山で山守の童だけを友として閑居を楽しんでいる鴨長明を、和歌所での友人であった飛鳥井雅経が訪れて、自身に代って鎌倉に下向し、右大臣源実朝に会ってその様子を探ってほしいと依頼する。それは長明が恩義を感じている後鳥羽院の意向に添うことであると説得されて、彼はこの大役を引き受けるが、雅経が帰ったその夜、一気呵成に『方丈記』の草稿を書き上げる。そして山歩きの途中、この作品で述べているような自身の理想とする生き方を童に語って聞かせて、鎌倉へ下る。鎌倉での長明の行動は、『吾妻鏡』建暦元年十月十三日の条によって知られるにすぎない。日野に戻ってからは『方丈記』を推敲し、翌年三月の末に完成させた。その後、山守の童はあこがれの都に出ていったが、長明の訃を聞いて、雅経とともに駆け付ける。雅経は童の言葉によって遺稿の存在を知り、『方丈記』を見出し、その最後の一節、「仏の教へたまふおもむきは事にふれて執心なかれとなり」以下の部分にいたく感動した。

あらあら筋を辿るとこんなことになるのだろうか。まあ、『方丈記』の執筆とその前後の長明の生活と心境を、その『方丈記』自体から想像して描き出したもので、いわば「『方丈記』由来記」とでも呼べそうな作品だが、そこに佐藤春夫の長明に対する見方が看て取れることは言うまでもない。その一端は、『方丈記』を読みおえた雅経が、「気の弱いくせにどこまでもおのれが心を主として来た奴としておのれが心ゆくまでに生活を徹しようと心掛けてゐた友を有難がつた」というあたりにも現れているのであろう。そしてそのような長明像は、当然二年後の執筆である「兼好と長明と」で、現実家、「わけ知りの通人肌」の兼好に対する、理想家、「思ひ返しのない野暮――それも骨頂に近い方」の長明と捉えられる長明像とぴったり重なる。が、さらにまた、佐藤春夫その人とも重なる点が多いのではないだろうか。初めに述べた小論の注記では「佐藤春夫も資質的にはむしろ自己に近いものとして長明を考えていたかもしれない」と書いたのだが、それは見当違いではないだろうと、今も思うのである。

小説「鴨長明」は『方丈記』自体からその成立の由来を描き出したと言ったが、『吾妻鏡』はもとより、『源家長日記』『十訓抄』、さらには藤原定家の日記『明月記』の記述なども利用した形跡が認められて、佐藤春夫がこの作品に取り掛る際には相当の準備をしたらしいことがうかがわれる。が、それもあるいは準備というよりは、以前から文学的教養として蓄えられていたものを引き出して利用したまでのことかもしれない。この小説を発表したのと同じ年の十一月、彼は雑誌『若草』に「年少子女のために古典を説く」という文章を寄せているが、そこでは「文学に志す――作家は無論、読者としても――には先づ母国の文学に親しむといふが原則であらう。外国の飜訳文学から現代小説が好きぐらゐで文学が好きなやうな顔をしてゐるのは以ての外、況んや作家を志すなどは…といふのが自分の持論である」と言い切っている。日本の古典文学の世界にかろうじて踢蹐している古典屋としては、我が意を得たりと言いたくなるような言葉である。この文章は西村伊作の文化学院女学校の一年で国語教育として『方丈記』を読んでいると聞いたということから始まって、年少子女のための古典として、『更級日記』(この文章では「更科」と書く)『土佐日記』『保元物語』『竹取物語』『枕草子』『伊勢物語』『建礼門院右京大夫集』などを挙げている。『保元物語』については、「あまりに悲しすぎる物語ではあるがこのためにそそぐ涙は決してさう安つぽいものではなからう。やつぱり近代の少女小説などで泣きたがる連中をこんなので泣かせるのも教育に相違あるまい」と述べている。『保元物語』については、同じ頃の執筆の「日本文学雑観」という一文でも、「事の壮烈、構想の緊密、行文の蒼古、などによつて近ごろ自分の愛読書の一つとなつたものである」と言い、日本文学の伝統をかなり理解していたポルトガル人モラエスが『保元』や『平家』に対しては冷淡であったことを指摘して、不満を表している。

「年少子女のために古典を説く」に戻ると、この昭和十年という時点で『建礼門院右京大夫集』を子女のための古典として挙げていることに、さすがと思った。佐藤春夫も書いているように、この時代この作品は刊本も少なく、一般にはあまり読まれていなかったと思われるのである。彼は「その純情と玲瓏な歌とは書中に才貌兼備の愛人がゐるのを感ぜさせて、自分はこの上なくこの集をよむ事を好んでゐる。日本文学史上葉がくれの名花の一輪に相違ない」と評している。現在はこの集の研究も盛んになって、必ずしも「葉がくれの名花」ではなくなったが、その研究に連なっている一人としては、これは嬉しい言葉であった。

この文章では「岩波文庫の国文学のなかに収められてゐる位なものはみな一とほり見て置かなければなるまい。さうしてそのなかから自分の愛読に適するものを見つけて尠くも三度ぐらゐ通読したらよからう、そのうへ時々思ひ出してひろげて見るやうになると国文学一般も大体理解し興味を覚えるやうになるに相違ない」と勧めてもいる。昔の女学校一、二年を念頭に置いての勧めなのだが、これはそっくりそのまま現在の大学国文学科乃至は日本文学科の学生に呈したいと思う。そしてそれに続けて、「あちらこちらを少しづつよみ嚙らせる教科書といふものが自体よろしくない。一冊の本をとっくり読ませないといふ事が間違ひとは気がつかぬものか知ら」という部分は、文部省で学習指導要領とやらを作っている人々や中学校・高校の先生方に読んで頂きたいものである。が、今やあちこちの大学で見直しとかいうことが行われて、国文学科が日本文学科と改称されるのはまだしものこと、改組拡充という名のもとに、学科そのものが統廃合される事例もあると聞く。そして文部省の指導によって、日本の古典を読んだり、その古典の血肉の一部でもあった漢字漢文を学んだりする時間は、どんどん狭められていく傾向にある。このような現状をもしも佐藤春夫が目のあたりにしたら、彼は何と言うだろうか。

いささか長明ばりに、悲憤慷慨に走ってしまった。佐藤春夫はその長明について、「単純に禁欲的な克己派と区別されるもので、兼好の同類として言はば日本的エピクュリアンと呼ばるべきであらう」(兼好と長明と)と見る一方、『徒然草』百五段を引いて、「描かずして描く手法、心にくいほどに美人を描いてゐる」(美人論)兼好を絶讃してもいる。野暮な古典屋も、滄浪の水濁らば以て足を濯うべしと、高ぶる思いをなだめて、久しぶりに若い時親しんだ『詩集魔女』などをひもとくとしよう。

魔女め/魔法で/おれの詩形を/歪めをつた!

古典文学への無関心を憂える

「烏の鳴かぬ日はあれど、そなたの喧嘩の噂を聞かぬ日はない」とは、歌舞伎十八番の「助六」（「助六由縁江戸桜」）で白酒売り新兵衛、実は曽我十郎祐成が助六実は弟五郎時致にいう科白だが、それをもじっていえば、烏の鳴かぬ日はあれど、ここのところ新聞紙上でITという文字を見ない日はない。終わったばかりの沖縄サミットでもIT憲章なるものが採択されたという。IT革命などという言葉も飛び交って、世はまさにIT（Information Technology 情報技術）熱に浮かされている。その技術で伝えようとする情報の中に、精神文化に関するものはどのくらい含まれるのであろうか。

英語第二公用語論というのも提唱された。これに対してはひとしきり賛否両論が起こったが、これに関連して、英語早期学習論もしばしば話題に上る。最近も長崎の小学校の先生が「小学校の英語教育は一年生から」という論文を新聞に寄せていた（森山理恵、「朝日新聞」二〇〇〇年七月二十一日朝刊）。文部省の英語指導方法等改善の推進に関する懇談会が、小学校三年から学習内容に英語教育を取り入れることを提言しているのに対し、この論文の筆者は「小学校の貴重な二年間を英語空白の時間にするのはあまりにももったいない」といい、小学校一年から教科として独立した英語の教育を始めること、その内容は音声言語を重視した、遊びの要素の多いものであることを主張している。そしてこの論文は「学校教育の国際化への対応を急ぐべきである」と結ばれている。私はこの論文を読んで深い疑念を抱かざるをえなかった。論文の筆者は小学校一年生という時期は「国語の学習でも耳で聞く言葉を文字言語へとつなげていく段階である」と述べている。国語の学習でも大切な時期であるという認識は十分持っておられるのであろう。それでいて新たに英語教育を始めることが幼い頭脳に過重な負担を強いることになるであろうこと、教育ママやパパたちを刺激し、学習塾を利する結果になるであろうことに思いを致さないのであろうか。私は英語指導方法等改善の推進に関する懇談会の小学校三年から英語教育を取り入れるという提言に対しても、余りにも性急すぎるという感想を禁じえないのである。一方ではゆとりある教育ということがいわれ、週五日制が要望されている。学校教育の時間はどんどん削減される傾向にある。そういう時代に早期から英語教育を導入することのしわ寄せは、国語教育の現場もかぶらざるをえないであろう。英語早期学習論者は、英語の早期教育が国語教育に及ぼすであろう深刻な影響を十分視野に入れて発言しているのであろうか。

大学でもかなり前からおかしな事態が進行している。文学部の中でも国語国文学科というのはいかにも古くさいというので、多くの大学が日本語日本文学科と科名を改称した。それはもうひと昔前のことで、近頃はそれでも人気がない、早い話が学生が集まらないので、文学部をたとえば国際文化学部などと改組し、日本語日本文学科は日本語日本文化コースなどと改称したりしている。それでも少子化現象が進むこれから先、大学生の国文学・日本文学離れは一層顕著になるであろう。ここのところ大学関係者の間では関心が持たれている大学生の日本語教育への意欲も、それが必ずしも経済的実効をもたらすとは限らないということになれば、どこまで持続するかおぼつかない。当然であろう。

小学校から中学校・高等学校と、これまでの学校教育において、国語やこの国の文学に対する関心・愛情を抱くような教育をしてこなかったことのつけを、大学関係者は支払わされているのである。

＊

ここ四、五年、私は本務校の女子大学で一年を対象に「国文学概論」という時間を担当している。勤務校は時流に遅れてというべきか、あるいは時流に逆らってというべきか、依然として国語国文学科と称しているので、講義題目も「日本文学概論」ではなくて「国文学概論」のままである。

講義に先だって、毎年文章を書かせている。その課題は季節に合わせて、「桜から連想される文学作品または文学者について書け」というのに決めている。学生達が今、どのような文学に関心を持っているのか、今までにどのような文学教育を受けてきたのか、その一端でも知りたいと思うからである。

作文の内容は当然多様であるが、全体的にいえることは、文学に関する知識のあやふやな学生が少なくないこと、とくに古典文学に関する知識が乏しいこと、古典への関心そのものが年々減少していることなどである。桜にちなむ古典文学ということであれば、たとえば、小野小町の、

花の色はうつりにけりないたづらにわが身世にふるながめせしまに　（古今集）

在原業平の、

世の中にたえて桜のなかりせば春の心はのどけからまし　（古今集）

紀友則の、

久方の光のどけき春の日にしづ心なく花の散るらむ　（古今集）

などは定番というべきもので、実際これらの古歌を取り上げる学生は毎年何人かいるが、たとえば「いたづらに」が「いたずらに」となったり、「しづ心なく」が「しず心なく」となったりという具合で、歴史的仮名遣いで古文を書く習慣は、高校卒業段階では十分身に付いているとはいえないようである。また、紀貫之の、

人はいさ心も知らずふるさとは花ぞ昔の香ににほひける　（古今集）

という歌を書く学生も時にはいる。もとよりこの「花」は梅の花であって、桜の花ではない。しかしまた、このような仮名遣いの間違いや梅と桜の混同などは、古典文学の研究には歴史的仮名遣いへの正確な知識や日本の自然への理解が必要であるということを述べる際のよい実例にもなるから、むしろ歓迎すべき作文に属するであろう。さびしいのは、古典文学作品や古典文学者について書く学生が年とともに少なくなっているように感じられることである。今年は西行の名を挙げた作文が一つもなかった。西行の、

願はくは花の下にて春死なむそのきさらぎの望月のころ　（山家集）

という歌などは、高校生卒業の段階で知っていて当然ではないかという思いを抱いている者としてはさびしい限りである。

大体、日本の社会では自国の古典文学や文化に対する関心が余りにも低いのではないであろうか。最近「朝日新聞」が試みた「この一〇〇〇年「日本の文学者」読者人気投票」（二〇〇〇年六月二十九日朝刊）の結果を見て、いよいよその感を深くした。この試みでは、二〇五六九通の投票を集計して、第一位から第五十位までを発表しているが、第二位紫式部を含めて、古典文学者は九名にとどまる。

参考までにそれらの順位・名を挙げると、

第6位松尾芭蕉　第14位清少納言　第29位小林一茶　第34位近松門左衛門　第35位兼好法師　第42位世阿弥　第43位西行　第47位藤原定家

となる。「この一〇〇〇年」という枠の内での投票だから、柿本人麻呂や山部赤人、紀貫之などが選ばれないのは当然としても、和泉式部や鴨長明など、江戸時代では井原西鶴・与謝蕪村・上田秋成・曲亭馬琴などが五十人中に入っていないのは、いくら単なる人気投票といってもいかにもわびしい。これもまた、自身を含めて古典文学の研究に携る人間が、おのがじしの研究領域の枠内に自閉していて、世間に対して古典文学の魅力をアッピールしてこなかった当然の結果なのであろうと反省もするのであるが、それとともに経済効果の追求ばかりに血眼になっている社会全体の傾向、国際化の掛声ばかり盛んで古典教育を閑却視している文教政策を、余りにも軽佻浮薄と感じないわけにはいかないのである。

＊

率直にいって、現在の大学一、二年の学力・知識は過去の高校二、三年生のそれとさして変わらないと考える。同様に、大学院修士課程は少し前の大学三、四年と、また博士課程は少し前の修士課程と、さほど変わらないのではないだろうか。少なくとも、私が接している範囲ではそのように思わずにはいられない。こと日本文学に関する限り、一般の大学生、大学院生の知見は貧困である。そしてさらに重大なことは、知的好奇心が乏しすぎるのである。日本の文学教育の水準はどんどん低下していると思う。これが将来、国語や日本文学の研究に影響を及ぼさずにすむとは考えられない。日本の文学の歴史は長い。中国のそれには遥かに及ばないけれども、アメリカはもとより、ヨーロッパのそれよりもずっと長い。それだけに文学の種類や文学者も多様多彩である。もちろんそれらのすべてが珠玉の名品や天才であるわけはないが、たとえ愚劣な作品やマイナーな作家を通してでも、人間とは何か、生きるとはどういうことかといった根元的な問題を考えるきっかけは生れるものである。そしてまた、古典文学に触れることによって、いかに科学技術が発達しても人間の情念は昔から全く変わっていないことを知らされるのである。社会全体がＩＴ革命熱に浮かされ、実利一辺倒に押し流されようとしている今こそ、じっくり腰を落ち着けて本を読むこと、それも古典を読むことを若い人々に勧めたい。出版社のコマーシャルめくけれども、時にはテレビを消して文字に向き合い、そして考える時間を持ってほしいのである。

古典文学の研究者もまた、自身の研究に専念するだけではなく、その研究と古典教育との関連などに思いを致すべきであろう。手前味噌に類するが、私も十数年以前、『日本文学の古典50選』（岩波ジュニア新書）という小冊子を書いたことがあるが、これは自身の日本文学史を構想する際に、大層役立った。何しろ汗牛棟充もただならぬ日本古典文学の中から五十点を選ぶのである。とくに考えさせられたのは近世文学の場合であった。中学校や高校の教材とされる近世文学作品はきわめて限られている。それだけでは面白くない。第一、日本文学の古典全体の大筋を知ることはできない。いろいろ苦慮した結果選んだのは、次の十三の作品である。

好色五人女　世間胸算用　おくのほそ道　冥土の飛脚　仮名手本忠臣蔵　柳多留　雨月物語　金

々先生栄花夢　蕪村句集　東海道中膝栗毛　浮世風呂　南総里見八犬伝　東海道四谷怪談

これらの中には、教材に馴染まない作品も少なからず含まれている。『東海道四谷怪談』などはその最たるものであろう。私はこの痛烈な現実暴露の戯曲が教室で読まれることを期待しているのではない。ただ、生徒の発達段階にもよるけれども、高校を卒業する頃までには、江戸という時代がこのような作品をも生み出したことをも知っていることは、全く知らないことよりも遥かによいと信じている。

この小著は一作品につき大体四ページ、長くても六ページの範囲内で作品の解説をしたものであるが、その解説中にできるだけ原文を引用するように努めた。古典の学習ではしばしば生徒の古文に対する違和感を考慮して、現代語訳から入ってゆくことが試みられるようであるが、私はなるべく早い段階で本物に触れさせたいと考えている。細かい意味や文法的説明はあとまわしでよい、ともかく古文のリズムに馴染ませることが大切なのではないか。私自身の幼児体験を告白すると、国語の時間が好きになったのは、小学校（当時は国民学校といっていた）五年の頃の教科書に載っていた文語文の口調のよさが気に入って、その文章を暗誦してしまったことがきっかけであった。

古典の学習では、日本史とからめて教えることも重要であろう。それも文学史的事実をただやたらに詰め込むというのではなく、歴史の流れや歴史上有名な人物の生涯、歴史的な風土などと関連づけて古典文学を教えたならば、多くの生徒に興味を持たせることが可能なのではないだろうか。けれども、昨今の文教政策では、日本史の学習もないがしろにされているように見受けられる。おそらくそのせいであろう、日本史の常識の著しく欠如した大学生に対して、古典文学の教師は文学のみならず歴史についても話さなければならないのが実情である。

＊

近代の日本は文化面で過去に二度大きな失敗をしている。その一回は明治維新後の廃仏毀釈である。この時多くの仏教文化財が損われた。その二回目は第二次世界大戦とその後である。無謀な戦いは貴重な文化財の多くを壊滅せしめた。そして現在、もしも精神世界に対する顧慮を欠いた情報技術革命なるものがいたずらに進行し、自国の文化遺産・文学伝統に対する理解をないがしろにして国際化の掛声に人々が浮き足立っているとしたら、この国の文化は三度目の大きな打撃を受けることになるであろう。そしてそれは文化財という物の損失ではなく、文化を愛し、それを伝えていこうとする人材の将来の社会における払底を意味するだけに、打撃はこれまでのどれよりも深刻であろう。「汝自らを知れ」という古代ギリシャの箴言は、現在の日本においても改めて想起されるべき真理なのである。

「古典全集」の力

年号が昭和から平成へと改められた一九八九年一月、「方丈記　徒然草」を第一回配本として岩波書店が刊行を開始した『新日本古典文学大系』が、今月（二〇〇五年十一月）、「古事談　続古事談」を最終配本として完結する。本巻一〇〇冊、別巻五冊、計一〇五冊を世に送り出すのに十七年近くを要したことになる。

この古典文学叢書は同じ発行元が一九五七年から六八年までに刊行した『日本古典文学大系』全一〇二冊（本巻一〇〇冊、別巻二冊）を受ける形で企画された。『萬葉集』『源氏物語』『古今和歌集』『平家物語』その他いくつかの代表的な古典作品は、先の大系以後の研究成果を反映させて、新たに本文を制定し、新たな注釈を加えつつ、先の大系を補完するような書目選定がなされている。その結果、上代や平安時代の代表的な古典作品はこの新旧の大系によってほぼ網羅されたといってもよいであろう。厖大《ぼうだい》な量にのぼる近世の作品が多く収められたことも、新たな大系の特色の一つである。

『新日本古典文学大系』と雁行《がんこう》していた小学館発行の『新編日本古典文学全集』全八八巻は、すでに二〇〇二年秋に完結を見ている。この全集でも特色ある書目選定が試みられ、新旧の大系と本全集、さらに一九八九年の完結後も版を重ねている新潮社の『新潮日本古典集成』八二巻などを併せ読むことによって、容易に多種多彩な日本古典文学の花園に親しむことが可能となった。古典研究に携る者の一人としてまことに喜ばしいと言いたいところだが、実際はそんな太平楽を並べられる状況にはない。

というのは、読書界で古典離れが著しく進行しているという現実に目をつぶるわけにはゆかないからである。国際化・グローバルという単語が合言葉のように飛び交うにつれて、教育界では英語の早期学習が声高に叫ばれる反面、国語教育に関する検討は閑却視されている。多くの大学の国文学科・日本文学科は、次々と日本文化学科・アジア文化コースなどといった包括的な単位に吸収合併される傾向がある。一見、学際的研究の推進に呼応する改革のようだが、実情はこれまでの看板では学生が集まらず、少子化がいよいよ進む現在、このままでは経営が立ちゆかなくなるという、大学側の危機感が存するからである。

一般社会での書物離れ・文学離れも著しいものがある。経済効果を最優先するＩＴ産業は、人々の思考力を置き去りにして進展を続けている。瞬時に地球の反対側に、いな宇宙船にさえメッセージを伝える手段を得た多くの若い人々は、顔の見えない他者との交信をも日常的に楽しみつつ、書物を媒介として古人と対話するなどといった、まだるこいことには関心を持とうとしない。

このような状況はすべて、古典に親しむという行為にマイナスに働いている。それゆえに『新日本古典文学大系』も『新編日本古典文学全集』も、いわば逆風に抗しつつ刊行が続けられてきたのであった。

忙しい現代社会において、古典を読み、古人がどのように生き、そして死に直面したかを知ることなどは、もはや単なる暇つぶしにすぎないのだろうか。けれども、たとえば先端医療の発達はいよいよ生と死のはざまを曖昧にし、人間を人間たらしめているものは何かという疑問をわれわれに突きつけてやまない。そしてそれは、人が人としてこの世に現れて以来の疑問であった。古典はこの疑問に取り組んできたさまざまな個性や集団の精神の軌跡である。それゆえに現代人こそは古人に問うべきなのである、「あなたはどのように生き、どのように死んだのか」「あなたが最も愛したものは何だったのか」と。そしてまた環境破壊がとめどなく進行する現在こそ、古人は自然とどのように関わり合ってきたのかを、日本の古典のうちに探るべきなのである。

現在の、そして未来のために、古典を見直してほしい。そう願わずにはいられない。

今、古典を読むということ

情報化社会の申し子のような新たな経済的勝者が次々と登場し、企業買収の話題がニュースを賑わわせたかと思うと、一人の政治家の単純な合言葉に世人の多くが雪崩れを打って動かされ、劇場型政治が急展開して、人々は行先のわからない船に押し込まれたような息苦しい日常を送りながら、世界各地に絶えることのないテロがいつかしら起こるのではないかと怯えている。拉致問題は膠着状態で、近隣諸国とはぎすぎすした感情の行き違いが続いている。

そんな社会状況のうちに過ぎようとしている二〇〇五年の十一月、『新 日本古典文学大系』は、『古事談　続古事談』を最終配本として、全一〇〇巻・別巻五、計一〇五巻の刊行を終え、完結を見た。一九八九年一月、『方丈記　徒然草』を皮切りに出発してから十七年近くを要したことになる。その歳月は短い時間ではない。当然、その間にはさまざまなことがあった。国内では政界再編成、阪神大震災、オウム真理教事件、海外では天安門事件、東西ドイツ統一、湾岸戦争、ソ連崩壊などが相次いだ。キリスト教世界ではミレニアムを迎え、ヨーロッパ諸国はEU連合として統合の兆を見せ、新しい世紀に入った途端、アメリカ同時多発テロ、アフガン戦争、イラク戦争等々、ほとんど誰しもが予測しなかったような事態が起こり、世界を揺がした。

現代の研究者は「紅旗征戎は吾事に非ず」と、中世初頭の藤原定家を気取ってすまされる筈はない。これら内外のニュースに心を動かされ、陰に陽に影響されつつ、年々厳しくなってゆく環境の中で教育や研究に従事せねばならない。「新 大系」の多くの校注者達はそのような業務のかたわら、それぞれの分担する作品・作家と向きあって地道な作業を続けたのだった。またその成果を本の形にするために、この種の出版物に対しては逆風の吹き続ける中で、じつに大勢の人々が努力を重ねて、今回の完結に至ったのである。それらのことを思うと、関係者の一人として感慨を禁じえない。

それにつけても、このような現代において古典を読むことの意味を改めて思うのである。身近に経験したことでは、それまで中世仏教説話集の研究を着実に進めようとしていた大学院生が、突如学業半ばにジャーナリズムの世界に身を投ずるということがあった。彼は湾岸戦争のテレビ映像を見て、「今はこんなことをやっている時ではない」という焦燥感に駆られて、方向を急転換したのであった。かつての大学紛争の季節が過ぎて、現実社会への関心が稀薄になっているかに見える学生に接し馴れていたので、このことには驚かされた。そしてある編集者に話すと、「そういう反応のし方がむしろ当然ではないですか。こんな時に『源氏物語』の女君の誰それがどうのこうのなどと悠長なことを言っているほうがおかしいのではないですか」と言われ、われわれ古典の研究者はやはりおかしい人間の部類に属するのかと、しばし考え込んでしまった。

ジャーナリズムに転進した彼は、その後放送記者として現実社会と深く関わっているらしい。社会がそのような人を必要とすることは確かである。しかしまた、『源氏物語』の女君の恋の成行きを論じたり、無名に近い一人の俳人の生涯を追ったりする、ある意味ではおかしな人間の存在意義もあるのではないか。戦争やテロを起こすのも、平和を実現しようと努めるのも、同じく個々の人間であり、人間の集団である。そしてその人間には自分自身が少しもわかっていない。これまで人類が自然について知りえたこともさほど多くはないのだろうが、人間の心の働きについて知りえたことはさらに僅かではないか。自然の一部である、物としての身体については相当わかってきて、臓器の交換までも行われ、人間の寿命は確実に伸びてきている。その反面、心の働きはわからないことだらけで、個々の人間は自己の内なる情念を如何ともしがたい。そのような情念の集積、暴発が犯罪・テロ・戦争を誘発させる。

そういった摩訶不思議な人間の心の軌跡、愚行や挫折を写し取ってきたものが、古今東西の文学作品である。それを読むということは、人間とは何かを考えることを意味する。しばしば歴史に学べということが言われる。それと同じ意味において、古典文学を読むことによって、昔から今に至るまで、人間がどのように生き、行動してきたかを知ることは、先行きのわからない現代を生きるわれわれに示唆することが少なくないに違いない。古典は現代においてこそ読まれるべきなのである。

抽象論はさて措いて、身近なことを言おう。二〇〇五年のNHK大河ドラマは「義経」だった。主役・脇役に人気俳優を配したことも効を奏して、低迷を続けていたこの番組にも久々に活気が戻ってきたらしい。書店の店頭にも義経とその時代の本が多く並んだ。

ただいささか気になったのは、このドラマの中で清盛や義経がしばしば「新しい国を作る」という、政治家のような理想を口にしていたことである。経の島を築いた清盛がそのような理想を抱いていたかどうかは疑問だし、ましてや都の女房に「九郎はす、どきおのこにて」（平家物語・巻一一・勝浦）と噂された義経に至っては、目前の戦いに勝つこと以外に、日本の国の将来についての深謀遠慮をめぐらす心の余裕などはなかったのではないかという気がする。主役を大きな存在に仕立てようとするのはドラマ作りの常套手段であろうが、その結果ありうべき義経像から乖離した姿を人々は見せられているのではないかと感じた。改めて、越中次郎兵衛盛嗣が「九郎は色しろう、せいちいさきが、むかばのことにさし出でて、しるかんなるぞ」（平家物語・巻一一・鶏合壇浦合戦）と言い、幼時には佐藤嗣信・忠信兄弟の母に「故左馬頭殿（義朝）を、おさなき目にも、よき男かなと見奉しが、似わろくこそおはすれ共、其御子かともおぼゆる」（『保元物語　平治物語　承久記』所収、平治物語・下）と言われたという、古典作品の中の義経に、生身に近い親しみを覚えるのである。その母常盤にしても、雪の伏見の里を三児を連れて落ちて行く常葉、六波羅に出頭して、「この子共にわかれて、片時《へんし》もたえて有《ある》べき身共《とも》覚え候はず。わらはをうしなわせ給ひて後にこそ、子共をば御はからひ候はめ」と訴える常葉ほど、悲しく美しい母の姿を描きえた作品は少ないと思う。この場面は次のように続く。「『……この世の御なさけ、後の世の御功徳、何事かこれに過《すぎ》さぶらふべき』と、なく〱くどき申せば、六子《むつご》（乙若）、母の顔をたのもしげに見あげて、『なかで、よく〱申《まうし》てたべや』と云《いひ》ければ、只今までも、よに心強気《つよげ》におはしける大弐殿（清盛）も、『けなげなる子が詞《ことば》かな』とて、傍《かたはら》にうち向《むき》て、累《しきり》に涙をながされけり」（平治物語・下）。

私には、新しい国への理想を幼い牛若に説く清盛よりも、命の瀬戸際とも知らず、母を信じきっている乙若の無心な言葉、そしてそれに涙する清盛に、遥かに共感を覚え、人間的魅力を感じる。清盛の実像がどうであったかを問おうとは思わない。このような清盛の姿を描きえたところに——それは一個人の所為ではないのかもしれないが——、ある状況に置かれた人間のありうる姿を見極める目の確かさを感じ、時代を超えて人の心を動かす物語の力を思う。文学を読み、人間の心に触れるということは、たとえばこういうところにあるのではないだろうか。

二〇〇五年はまた、『古今和歌集』成立後一一〇〇年、『新古今和歌集』成立後八〇〇年に当たるということで、この機会に古典和歌の研究者の側から一般社会に発信し、和歌文学への関心を高めたいとして、シンポジウムが催されたり、美術館の協力を得て和歌と関わりの深い美術品の展示が行われたりした。小野小町と藤原定家の歌仙絵をデザインした切手も発行された。それ以前、『紫式部日記絵巻』にもとづいて、紫式部も紙幣の図柄に登場している。

古典文学を身近に感じさせるこれらの試みが意味あることはいうまでもない。ただそれらが一過性の社会現象として、一時は話題となるものの、移ろいやすい世人によってすぐ忘れ去られてしまうとしたら、残念である。これをきっかけに、われわれ自身の内なる性情を顧みれば、問題はいくらでも掘り起こされるであろう。たとえば、われわれ日本人はどうして昔から今に至るまで、三十一字や十七字の短詩型を愛し続け、そこに美を見出してきたのかという疑問（かつて加藤周一氏はこれを日本の七不思議の一つに数えられた）、また、われわれの多くの内に潜む、典雅なもの・優艶なものへの憧れは、『源氏物語』の描く世界、そしてこれもわれわれの多くが共有する民族意識とどう繋がっているのかといったような問題である。そしてそれらのことを考えるためには、『古今和歌集』や『源氏物語』『芭蕉七部集』などを読む他ない。

かつての平穏な時代では、古典は社会の第一線から退いた老人のこよない友であったかもしれない。

しかしながら、自身の由って来たるところを知り、激変が予想される未来に対処するためにも、現代においてはむしろ若い人々、社会の中核を形成する人々こそ、古典を読んでほしいと痛切に思うのである。

初出一覧

芳賀矢一編の文章読本について　平治物語・承久記　「國文學」第三十二巻四号、昭和六十二年三月　臨時増刊「日本の古典　名文名場面一〇〇選」學燈社

日本文学の中の手紙　近衛中将への昇進を懇請した自筆申文―藤原定家　「國文學」第二十九巻十二号、昭和五十九年九月　臨時増刊「日本人一〇〇人の手紙」、「日本文学の中の手紙」は再録された　河出文庫「手紙のことば　美しい日本語を究める」（二〇〇三年四月　河出書房新社）による

断章取義と断章趣味と　「國文學」第二十六巻十号、昭和五十六年七月　臨時増刊「日本の名句名言666」

古典の名言　開口　久保田編「日本の古典　名言必携」「別冊國文學」第五十二号、平成十一年十一月

あきらめに住す　「別冊歴史読本」第二十四巻十四号、一九九九年四月　「日本史「名言名句」総覧」新人物往来社

古語断想　つれづれ・なさけ　「國文學」第三十六巻六号、平成三年五月　臨時増刊「古語の宇宙誌」

歌語の変遷　「言語」第二十三巻第六号、一九九四年六月　特集「短歌の言語学」大修館書店

古典文学のキーワード・エピローグ―半ば反語的な　京童・町衆　「國文學」第三十巻第九号、昭和六十年九月　特集「古典文学のキーワード」

閑人閑語―古典文学における性・変装などのこと　都市・アジール　「國文學」第四十巻九号、平成七年七月　臨時増刊「キーワード一〇〇古典文学の術語集」

宗教のキーワード・歌、同・白、同・月　三木紀人・山形孝夫編「宗教のキーワード集」「別冊國文學」第五十七号、平成十六年十二月

詞を操る技（レトリック）―中世の歌論書を読みつつ　書簡体・漸層・諷言・頓呼法・見立て・めりはり・問

答法・一字を賦す・韻歌・飛びたる歌・半臂の句・遺歌・勒句・余所事浄瑠璃　「國文學」第三十七巻十五号、平成四年十二月　臨時増刊「古典文学レトリック事典」

日本語のしらべ　「新しい国語」三二一号、昭和六十三年四月　東京書籍

『讃岐典侍日記』『徒然草』の〝降れ降れ、粉雪〟　「國文學」第四十九巻三号、平成十六年二月　臨時増刊「日本の童謡」

「古典文学動物園」待望の弁　猪・都鳥・烏賊・竜　「國文學」第三十九巻十二号、平成六年十月　臨時増刊「古典文学動物誌」

文学植物園を夢想する　蕨・杜若・榎・椋・木賊・茶・松　「國文學」第四十七巻三号、平成十四年二月　臨時増刊「古典文学植物誌」

桜　「言語」第二十巻第一号、一九九一年一月　特集〈小事典〉日本語のイメージ」

饗宴の世紀・新古今時代　「國文學」第二十九巻第三号、昭和五十九年三月　特集「食の文学博物誌」

文学における食　ビフテキ・こんにゃく・油揚・カステラ・今川焼・お好み焼・もんじゃ焼き　「國文學」第四十八巻九号、平成十五年七月　臨時増刊「「食」の文化誌」

名作五篇と五種の食べ物―オムニバス講義「文学と食」のはじめに　アウリオン叢書02『文学と食』二〇〇四年七月、白百合女子大学言語・文学研究センター編、芸林書房発行

佐藤春夫と古典　『定本　佐藤春夫全集』第三十一巻月報18　一九九九年九月　臨川書店

古典文学への無関心を憂える　「月刊国語教育」第二十巻第八号、平成十二年十月　特集「消滅寸前古典教育」東京法令出版

「古典全集」の力　人とは何か　熟考の跡　「毎日新聞」二〇〇五年（平成十七）十一月十三日

今、古典を読むということ　「図書」第六八一号、二〇〇六年一月　岩波書店

あとがき

ことばや文章に関して折々に書いてきた短い文章を集めた。

大部分が雑誌「國文學」の関係であることに、自身半ばあきれている。そのほとんどが學燈社の茂原輝史氏に求められて、特集号の項目立てから執筆者についてまで、企画に参加し、その流れの中でエッセイや見本原稿として書いたものである。これらのうち自身最も興に乗って立案した仕事は、「古典文学植物誌」と「「食」の文化誌」であることを白状しておく。いずれも見られる通り片々たるものが多いが、その時々の自身の問題意識を反映したつもりではあるので、エッセイとともに自身の分担した項目をも併せ収めた。ただし、それぞれの号では付録的なものをも書いた場合が多いが、それらは省いた。それに加えて、他誌に載せた似たような傾向の雑筆、勤務先でコーディネーターとして関わったオムニバス講義の前置きに話したことを文章にしたものなどをも収めた。

うしろに、日本の古典文学についての偶感を述べた文章若干を添えた。

このたぐいの雑筆をまとめるとしたらこの題にしたいと、少し前から考えていた。そののち岸田國士に『言葉・言葉・言葉』という本のあることを、塚本康彦氏の著書『実感文学論―小さくとも私の杯で』（平成十七年十二月、至文堂）によって教えられた。まだそれに接していないのだが、自身の思いつきにやはりこだわってしまった。
このささやかな雑筆集の出版をお引き受けくださった翰林書房の今井肇・静江御夫妻、そしてまた初出の際お世話になった多くの方々にお礼申し上げる。

二〇〇六年初夏

久保田　淳

【著者略歴】

久保田 淳（くぼた・じゅん）

1933年（昭和8）東京生まれ。東京大学卒業、同大学院博士課程修了。文学博士。東京大学教授、白百合女子大学教授を経て、現在東京大学名誉教授、日本学士院会員。専門は中世文学・和歌文学・日本文学史。著書『新古今歌人の研究』（東京大学出版会）、『新古今和歌集全評釈』全九巻（講談社）、『中世和歌史の研究』（明治書院）、『久保田淳著作選集』全三巻『隅田川の文学』（岩波書店）、『花のもの言う—四季のうた』（新潮社）、『野あるき花ものがたり』（小学館）、『富士山の文学』（文藝春秋）ほか。

ことば、ことば、ことば

発行日	2006年10月10日 初版第一刷
著　者	久保田 淳
発行人	今井　肇
発行所	翰林書房
	〒101-0051 東京都千代田区神田神保町1-14
	電 話 03-3294-0588
	FAX 03-3294-0278
	http://www.kanrin.co.jp/
	Eメール●kanrin@mb.infoweb.ne.jp
装　幀	寺尾眞紀
印刷・製本	アジプロ

落丁・乱丁本はお取替えいたします

ISBN4-87737-233-4